Von Werner Hüper sind außerdem erschienen:

Die junge Frau mit Körbchen C ….
und die ganze Welt in Versen
ISBN: 9783734752872

*

Golf – Terrassengespräche
Berichte vom 19. Loch
ISBN: 9783734761454

*

Falsche Freunde
Kriminalroman
ISBN: 9783738616743

*

Vom Kreißsaal bis zum Alterssitz
Ein Leben in Versen
ISBN: 9783738646801

MIX
Papier aus verantwortungsvollen Quellen
Paper from responsible sources
FSC® C105338

Werner Hüper

Kiez und Küste

Kriminalroman

Impressum:

Bibliografische Information der Deutschen Nationalbibliothek:

Die Deutsche Nationalbibliothek verzeichnet diese Publikation in der Deutschen Nationalbibliografie; detaillierte bibliografische Daten sind im Internet über www.dnb.de abrufbar.

© 2016 Werner Hüper

Herstellung und Verlag: BoD – Books on Demand, Norderstedt

ISBN: 9783739246635

Zu den Genießern sicher zählt,
wer für den Urlaub Amrum wählt.
Und wer dies jemals schon erlebt,
nach einer Wiederholung strebt.

Dies ist gesünder als der Kiez,
es gibt dafür so manch' Indiz.
Auf dem Kiez gibt's die Gefahr,
dass jeder Tag der letzte war!

6

1

Als Ermittler in Mordsachen war Hauptkommissar Maximilian Reischl von der Kripo Rosenheim überaus erfolgreich und deshalb weit über Rosenheim hinaus bekannt. Mitarbeiter und Kollegen schätzten ihn sehr, auch wenn der eine oder andere nicht verstehen konnte, wie konsequent Reischl an seinen Prinzipien festhielt, wenn es um seine Arbeit ging. Wer etwa seine Kompetenz in Zweifel zog, konnte sehr schnell erleben, wie der ansonsten ruhige und ausgeglichene Hauptkommissar aus der Haut fuhr. Das hatte ein ums andere Mal sein früherer Assistent Ludwig Grassinger erfahren. Der hatte es beispielsweise gewagt, bei von Reischl geführten Verhören Zwischenfragen zu stellen. „Maul halten, zuhören, lernen!" wies Reischl den ungeduldigen, aber aus seiner Sicht offensichtlich für den Polizeidienst völlig ungeeigneten Grassinger bei derlei Gelegenheiten schon einmal zurecht. Reischl war jedenfalls heilfroh, als Grassinger endlich seine Prüfung zum Kommissar bestanden hatte - weiß der Himmel, wie ihm das gelungen war - und zur Kripo Passau versetzt wurde.

Beim letzten Fall, den Reischl aufzuklären hatte, ging es um einen Selbstmord, der sich jedoch später als Mord herausstellte. Erst mehrere Jahre nach dem vermeintlichen Suizid gab es Hinweise, dass da nicht alles mit rechten Dingen zugegangen war.

Reischl ermittelte und sorgte letztlich dafür, dass die angeblichen Freunde eines Golfplatzbesitzers für lange Jahre in den Knast wanderten. Sie hatten aus Habgier einen Mitarbeiter zum Mord angestiftet, was Reischl nach mühsamer Kleinarbeit hatte nachweisen können. Bei diesen Ermittlungen stand Reischl der Assistent Grassinger zur Seite. Das war die offizielle Version. Aus Reischls Sicht stand Grassinger ihm nicht zur Seite sondern eher im Wege. Aber das war nun vorbei, und Reischl hoffte auf entspannte Zeiten im Dienst. Deshalb war er auch über die Nachfolgerin an seiner Seite sehr erfreut. Es handelte sich nämlich um eine junge, außerordentlich intelligente und darüber hinaus auch noch sehr hübsche junge Dame.

Hauptkommissar Reischl war eine imposante Erscheinung. Bei einer Körpergröße von 1,90 m und einem durch regelmäßigen Sport gestählten Körper konnte er trotz seiner inzwischen 55 Lebensjahre manch jüngeren Kollegen in den Schatten stellen. Sein Schnauzer, der perfekt zu seinem bayrischen Outfit passte, ließ eine gewisse Gutmütigkeit vermuten. Sich auf diesen Wesenszug zu verlassen war jedoch ein Fehler. Reischl konnte zwar außerordentlich nett und freundlich sein, im Dienst jedoch war er kompromisslos. Es gab sogar Kollegen in der Polizeidirektion Rosenheim, die ihn hinter vorgehaltener Hand aus irgendeiner Verärgerung heraus „Stinkstiefel" nannten. Wer ihn besser kannte, hielt diese Verunglimpfung für ungerecht und unfair.

Was die Kollegen im Präsidium nicht wussten oder nur ahnen konnten: Auch im Privatleben Reischls gab es Gewohnheiten, von denen er nur ungern abwich. Bei dem erwähnten Fall des vorgetäuschten Selbstmords wäre es beinahe dazu gekommen, dass er seinen liebgewonnenen Urlaub in Südtirol, den er regelmäßig im Frühjahr anzutreten pflegte, hätte verschieben müssen. Diese Konsequenz blieb ihm jedoch damals erspart, weil es wirklich keine überzeugenden Anhaltspunkte für eine Straftat gab. Dass sich der Sachverhalt Jahre später anders darstellte und er die Ungereimtheiten bei dem Fall nicht rechtzeitig erkannt hatte, wurmte ihn gewaltig. Er hatte sich deshalb vorgenommen, zukünftig noch sorgfältiger bei seiner Arbeit vorzugehen und dem Zufall keine Chance einzuräumen.

Seit vielen Jahren war Maximilian Reischl mit Theresa verheiratet. Sie kannten sich schon seit der Schulzeit. Resi, wie er sie von Anfang an nannte, hatte auch das Ignaz-Guenther-Gymnasium in Rosenheim besucht, allerdings 2 Klassen unter ihm. Während seiner Ausbildung, die zunächst am Studienort Sulzbach-Rosenberg und später im Verlauf der fachpraktischen Ausbildung in Fürstenfeldbruck und München stattfand, hatten sie sich aus den Augen verloren.

Erst später, als er am Standort Rosenheim seine Polizeikarriere im aktiven Dienst begann, liefen sie sich wieder über den Weg. Maximilian fand, dass aus ihr eine attraktive Frau geworden war, um die es sich zu kämpfen lohnte. Resi war tatsächlich ein fesches bayrisches Madl, das mit ihrer „Dirndl-Figur" die Männer nervös werden ließ. Ihr charmantes Lächeln tat ein Übriges, Maximilian war nicht der einzige Bewerber. Resi allerdings war sich ihrer Wirkung auf die Männerwelt gar nicht immer bewusst, weil sie wegen der nach ihrer Meinung zu geringen Körpergröße voller Komplexe war. Mit ihren 1,60 m fühlte sie sich gegenüber ihren Freundinnen oft benachteiligt. Dass sich ausgerechnet der stattliche Polizist Maximilian Reischl um sie bemühte, schmeichelte ihr sehr. Deshalb gab sie nur zu gern seinen Avancen nach, mit der Folge, dass die beiden schon bald eine prachtvolle Hochzeit feierten.

In den ersten Jahren ihrer Ehe war das Hotel „Plunhof" in Ridnaun immer wieder ein beliebtes Urlaubsziel für sie, wo sie regelmäßig ihren Ski-Urlaub verbrachten. Zu den Besitzern, der Familie Volgger, hatte sich mittlerweile eine freundschaftliche Beziehung entwickelt.

Nach einem Skiunfall hatte Theresa keine Freude mehr am Wintersport. Reischl entschloss sich deshalb schweren Herzens, seiner Frau zuliebe ebenfalls darauf zu verzichten und die Gewohnheiten in Sachen Urlaub zu ändern. Ab diesem Zeitpunkt verbrachten sie jedes Jahr im Frühjahr eine Woche in Bozen, wo sie für Leib, Seele und Gaumen beste Rahmenbedingungen vorfanden. Im Spätsommer ging es dann wenn irgend möglich für zwei Wochen in die Toskana. In Montaione, in der Provinz Florenz, hatten sie sich in eine Ferienwohnung namens „San Gimignano" verliebt, die sich auf dem „Gut Ghizzolo" befand und aus ihrer Sicht geradezu der ideale Ort für einen erholsamen Toskana-Urlaub war. Hier fühlten sie sich von Anfang an heimisch und waren jedes Jahr wieder von der herrlichen Landschaft und dem traumhaften Ambiente dieser Ferienanlage begeistert. Auch wenn sie die meiste Zeit ihre großzügige Terrasse mit phantastischem Blick über die beeindruckende Landschaft genossen, die Ausflugsziele in der Nähe wie Siena, Volterra oder auch Livorno boten ihnen willkommene Abwechslung. Ein Urlaub jedenfalls, auf den sie sich regelmäßig schon lange vorher voller Ungeduld freuten. Sie verwendeten keinen Gedanken daran, irgendwann einmal einen Urlaub außerhalb Italiens zu verbringen.

Eines Tages jedoch hatte das Ehepaar Reischl eine Nachricht zu verarbeiten, die Vorfreude und Vorbereitung auf den nächsten Urlaub nachhaltig beeinträchtigte.

Zunächst muss man wissen, dass bei etwa 20 % der Bevölkerung Jodmangel eine Vergrößerung der Schilddrüse, auch „Struma" oder „Kropf" genannt, bewirkt. Frauen sind davon etwa viermal häufiger betroffen als Männer. Meistens entwickelt sich eine Struma zwischen dem 20. und 40. Lebensjahr.

Im alpenländischen Raum, der zu den jodarmen Gebieten Deutschlands zählt, beklagen besonders viele Frauen diese Schilddrüsenfehlfunktion. Leider war auch Theresa, die Ehefrau des Hauptkommissars Maximilian Reischl, davon betroffen, ein Umstand, der sich auf die Urlaubsplanung der beiden in unangenehmer Weise auswirken sollte.

Um eine leidige Nebenwirkung der erwähnten Krankheit zu kaschieren, hatten die einfallsreichen Bayern das Kropfband erfunden, das früher so manchen Frauenhals schmückte. Auch heute noch ist dieses Accessoire unverzichtbarer Bestandteil einer typischen bayrischen Tracht.

Bei den Veranstaltungen in der Region, wie der Kirmes in Rosenheim oder gar dem Oktoberfest in München, konnte Theresa Reischl nun mittels eines derartigen Kropfbandes leicht von den Auswirkungen dieser Krankheit ablenken. Leider stellten sich bei ihr mit der Zeit Symptome ein, die Anlass für einen Arztbesuch waren. Die Beschwerden hatten nämlich zugenommen. Der konsultierte Arzt in

Rosenheim wies mit Nachdruck darauf hin, dass dringender Handlungsbedarf bestünde. Bevor er aber eine OP empfehlen würde, wäre es aus seiner Sicht angeraten, wegen des akuten Jodmangels einen längeren Aufenthalt an der Nordsee in Betracht zu ziehen, der sich sicher positiv auf die Funktion der Schilddrüse auswirken würde.

Für einen Bayern kommt die Vorstellung, zum Zweck des Urlaubs den „Weißwurstäquator" in Richtung Norden überqueren zu müssen, einem Verstoß gegen die Menschenrechte gleich. Besonders Theresa, die den Kreis Rosenheim als ihren eigentlichen - und völlig ausreichenden - Lebensraum ansah und allenfalls anlässlich der „Wiesn" „auf Minga" (München – manchmal braucht es eben in Bayern Untertitel!) zu fahren bereit war, konnte sich einen Urlaub im hohen Norden überhaupt nicht vorstellen. An Südtirol und die Toskana hatte sie sich im Laufe der Jahre gewöhnt, aber Urlaub bei „die Preißn"? Niemals!

Maximilian Reischl musste seine ganze Argumentationskunst aufwenden, um Resi zu bewegen, eine derartige Reise wenigstens in Erwägung zu ziehen. Erst der Hinweis, dass die Alternative wohl eine Operation wäre, veranlasste sie, einmal darüber nachzudenken. Hilfreich bei der Überzeugungsarbeit Reischls war der Umstand, dass Theresas

Freundin Gertrud, genannt Gerti, mit einem Hamburger verheiratet war. Dieser Hamburger war vor einigen Jahren aus beruflichen Gründen nach Rosenheim gekommen und hatte sich dem bayerischen Lebensstil weitgehend angepasst, so dass er im Freundeskreis von Gerti – wenn auch äußerst zurückhaltend – anerkannt worden war. Nachdem Gerti nun von der Freundin erfahren hatte, dass es auf ärztliche Empfehlung in den Norden gehen sollte, redete sie ihrer Freundin gut zu:

„Du sollst an die Nordsee fahren? Super! Wie du weißt, war ich mit Jens im letzten Jahr auf Amrum. Ein toller Urlaub. Da müsst ihr unbedingt hin!"

Gemeinsam mit den Männern wurde diskutiert, recherchiert, geplant und schließlich gebucht. Irgendwann war es perfekt: Das Ehepaar Reischl würde den nächsten Urlaub auf der Insel Amrum verbringen. Klar, dass die Reischls der Empfehlung der Freunde folgten und für ihren 3-wöchigen Erholungsurlaub - ein kürzerer Aufenthalt würde aus Sicht des Arztes keinen Sinn machen - eine Ferienwohnung in der Pension Flor in Norddorf buchten, in der man sich „sauwohl fühlen" könne. So waren jedenfalls die Worte von Gerti. Natürlich gab es eine ganze Reihe von Tipps, was man auf der Insel besichtigen und erleben müsse. Dazu gehöre unbedingt auch das Restaurant im „Gasthaus zum Pharisäer" in Norddorf, einem reetgedeckten Haus mit sehr guter Küche und einem gemütlichen, landestypischen Ambiente.

∗∗∗

2

Das „Gasthaus zum Pharisäer" in Norddorf verfügt über eine lange, bewegte Vergangenheit. Ein besonders dunkles Kapitel dieser Geschichte bleibt den Insulanern sicher noch lange im Gedächtnis. Das Haus, das nicht nur wegen seiner hervorragenden Küche sondern auch wegen der altertümlichen Raumausstattung über die Region hinaus hohes Ansehen genoss, brannte eines Tages bis auf die Grundmauern nieder.

Gäste und Einheimische waren sehr betroffen und empfanden tiefes Mitgefühl mit Silke und Nils Hansen, den Besitzern des Gasthauses.

Das „Gasthaus zum Pharisäer" war schon immer Treffpunkt für ganz Amrum. Es gab Frühschoppen, Dämmerschoppen, Spätschoppen - zu früheren Zeiten war das „Gasthaus zum Pharisäer" mehr Kneipe als Restaurant. 1973 wurde Vater Hansen unheilbar krank, aber er fand in Sohn Nils und

Schwiegertochter Silke würdige Nachfolger. Beide haben das Haus im Sinne der Vorgänger weitergeführt und den guten Ruf gefestigt.

Als Brandursache stellten die Sachverständigen Funkenflug fest, der durch Dacharbeiten in der Nachbarschaft entstanden war. Die Feuerwehr konnte den Brand, der sich rasend schnell ausbreitete, erst löschen, als nur noch eine qualmende Ruine übrig geblieben war. Erfreulicherweise hatte der Vertreter der Provinz-Assekuranz, Kiel, ein gewisser Frieder Klasen, den Versicherungsfall beschleunigt bearbeiten lassen. Klasen, der in Wittdün am Hafen sein Versicherungsbüro hatte, spielte mit Nils Hansen und Hinnerk Petersen, dem Leiter der Polizeistation in Nebel, in den Wintermonaten regelmäßig Skat. Da war es ja wohl selbstverständlich, dass man dem Freund und Skatbruder in einer so schwierigen Situation hilfreich zur Seite stand.

So kam es, dass nur wenige Wochen nach dem Brand nicht nur die Ermittlungen der Polizei eingestellt wurden, auch die Schadensübernahme durch die Versicherung wurde äußerst kulant geregelt. Diesem Umstand war es zu verdanken, dass der Wiederaufbau nur sechs Monate nach dem verheerenden Feuer abgeschlossen werden konnte. Hotelbetrieb und Restaurant standen für die nächste Saison wieder uneingeschränkt zur Verfügung.

Bei der Wiedereröffnung im nächsten Frühjahr war die gesamte Amrumer Prominenz auf den Beinen, um das neue Gasthaus im Friesenstil zu bewundern und diesen besonderen Anlass zu feiern. Tatsächlich staunten viele Gäste über das, was sie sahen: Bemerkenswert viele Raritäten, die das alte Gasthaus geschmückt hatten, wie alte Schiffsmodelle, antike Uhren, eine große Zahl alter friesischer Kacheln und dergleichen mehr, waren nun auch im Neubau wieder zu bewundern. Dabei waren doch all diese wertvollen Einzelstücke den Flammen zu Opfer gefallen. Jedenfalls stand dies so im Bericht der Polizei und im Protokoll für die Versicherung. Die Familie Hansen hatte offensichtlich ein Mordsglück gehabt. Niemand traute sich, die bei der Eröffnungsfeier öfter mal hinter vorgehaltener Hand geäußerte Vermutung, „Da hat wohl jemand den Brand geahnt", offen auszusprechen. Schließlich war man zu Gast bei den Hansens und es war ja auch alles gut gegangen. Außerdem wollte hier auf der Insel niemand Ärger haben.

***

3

Theresa Reischl war aufgeregt. Bis zum Start in den Urlaub waren es nur noch vier Tage. Sie hatte schon die Checkliste, die sie am letzten Wochenende mit ihrem Mann erstellt hatte, abgearbeitet. Auf gar keinen Fall wollte sie irgendetwas vergessen, wenn sie schon in den hohen Norden fuhren, in eine für sie völlig unbekannte Gegend. Noch dazu auf eine Insel!

Man konnte ja nicht sicher sein, wie die Versorgungslage auf einer solchen Nordseeinsel war. Deshalb hatte sie sicherheitshalber - unabhängig von der Checkliste - auch die eine oder andere Konserve mit bayrischen Lebensmitteln bereitgestellt, die es dort sicher nicht geben würde und auf die man nicht gerne verzichtete.

Als Maximilian Reischl vom Dienst heimkam, staunte er nicht schlecht über die „Vorratshaltung" seiner Frau.

„Resi, auf Amrum gibt es inzwischen elektrischen Strom und Telefon", kommentierte er amüsiert die Reisevorbereitungen seiner Frau. „Du musst nicht befürchten, dass wir eine Zeitreise ins Mittelalter unternehmen. Die Lebensmittel bleiben hier!"

Für die Befürchtungen seiner Frau hatte Reischl wenig Verständnis, zumal sie durch ihre Freunde über die Verhältnisse auf Amrum genauestens informiert worden waren.

Für die Anreise hatten ihre Freunde ihnen geraten, nicht etwa die ganze Strecke von Rosenheim bis zum Fährhafen Dagebüll in einem Stück zu fahren. Es galt immerhin über 1.000 Kilometer zurückzulegen. Da war es allemal besser, mindestens einmal unterwegs zu übernachten.

„Wenn ihr die Reise genießen und auch etwas von Deutschland sehen wollt, solltet ihr durch die Lüneburger Heide fahren. In der Zeit eurer Anreise wird sicher die Heide blühen – ein einmaliger Anblick, den ihr euch nicht entgehen lassen solltet." Jens wollte als Hamburger seinen bayrischen Freunden natürlich vermitteln, dass es nicht nur in Bayern schön ist.

„Außerdem kann ich euch in der Lüneburger Heide ein tolles Hotel empfehlen, wo ihr euch sehr wohl fühlen würdet. Dort gibt es übrigens einen äußerst leckeren Braten von der Heidschnucke", ergänzte Jens.

„Heidschnucke? Was ist das denn?", wollte Resi wissen.

Jens klärte sie auf: „Das sind Schafe, die überwiegend in der Lüneburger Heide vorkommen und deren Fleisch einen wildartigen Geschmack hat. Wenn es gut zubereitet wird, ist das eine Delikatesse. Und die könnt ihr in ‚Niemeyers Romantik Post Hotel' in Müden an der Örtze genießen."

Resi schaute skeptisch und stellte dann fest: „Fleisch vom Schaf? Esse ich sicher nicht! Maximilian, du weißt genau, wie schrecklich der Lammbraten geschmeckt hat, den wir vor einiger Zeit im ‚Gasthof Huber' in Obernburg bei Ebersberg gegessen haben. Nie wieder!"

Gerti konterte: „Ach, du immer mit deinen Vorurteilen. Wenn die beim Huberwirt keine Ahnung von der Zubereitung eines Lamms haben, kannst du das nicht einfach auf andere Restaurants übertragen. Jens hat recht, die Fahrt nach Müden lohnt sich."

Jetzt schaltete sich Maximilian ein: „Wo liegt denn dieses Müden, zeigt mir das mal auf der Karte."

Der ADAC - Autoatlas wurde aufgeklappt und gemeinsam wurde die mögliche Route angeschaut.

„Das passt", meinte Maximilian, „dann könnten wir am nächsten Tag noch einen Abstecher nach Hamburg machen, da wollte ich schon immer einmal hin. Was meinst du, Resi?"

„Meinetwegen". Nach Begeisterung klang das nicht, aber sie war ja gewohnt, dass Maximilian entschied, wo es lang zu gehen hatte. Sie gehörte nicht zu den Frauen, die in einer Ehe mit einem beruflich erfolgreichen Mann die Hosen an hatte. Die Zurückhaltung ihrerseits hatte sich über viele Jahre hinweg bewährt. Insgeheim war sie ja ganz froh, dass Maximilian meistens die Initiative ergriff.

Jens war natürlich als gebürtiger Hamburger von der Idee der Freunde, auf der Hinreise Hamburg zu besuchen, begeistert. Er hatte sogleich eine Reihe von Sightseeing-Vorschlägen bereit. Die waren aber kaum an einem Tag unterzubringen, schon gar nicht, wenn man am Tag des Besuchs in Hamburg noch die letzte Fähre von Dagebüll nach Amrum erreichen wollte. Die legte nämlich um 17:25 Uhr ab, was ja kaum zu schaffen wäre. Lediglich freitags gab es noch eine spätere Fährgelegenheit, die aber nicht in Betracht gezogen wurde, weil man dem Wochenendverkehr auszuweichen gedachte. Deshalb wurde eine weitere Übernachtung eingeplant. Die Wahl fiel auf Husum, der „Grauen Stadt am Meer", wie Theodor Storm sie 1852 in einem seiner Gedichte genannt hatte.

Entsprechend der Empfehlung ihrer Freunde wurden nun die Hotels für die Anreise und ein Platz auf der Fähre von Dagebüll nach Wittdün gebucht. Selbst an den Strandkorb hatten sie gedacht, den sie für die Zeit ihres Aufenthalts beim Strandkorbverleih Fiete Martens in Norddorf hatten reservieren lassen. Es war alles bestens vorbereitet für den „Gesundheitsurlaub" auf der Insel.

Am Abend vor der Abreise war Resi Reischl besonders nervös. Eine so weite Reise nach Norden war ihr nun doch nicht ganz geheuer. Da war ihr Italien, das ja quasi „vor der Haustür" lag, doch sehr viel vertrauter. Auch war sie sehr unsicher, wie sie wohl mit den Menschen im Norden zurechtkommen würde. Sie kannte zwar einige „Preißn", die in Bayern lebten, aber das waren Einzelfälle, wie eben auch Jens, der Mann ihrer besten Freundin Gerti. Den „Fischköpfen", wie die Küstenbewohner in Bayern häufig genannt wurden, sagt man ja eine gewisse Sturheit und Verschlossenheit nach, Wesenszüge, die den Bayern nach eigener Einschätzung völlig fremd sind. Resis ganze Hoffnung, dass bei dieser Reise alles gut gehen würde, ruhte auf ihrem Mann, der es gewohnt war, mit allen erdenklichen Situationen und Schwierigkeiten fertig zu werden.

***

4

„Zum Goldbarren", so hieß eine der bekanntesten Kneipen auf dem Kiez in Hamburg - St. Pauli. Hier verkehrte ein bunt gemischtes Publikum. Neugierige Touristen, die sich unter Hamburger Partygänger mischten, waren ebenso vertreten wie seriöse Geschäftsleute und Hamburger Promis. Aber auch schillernde Gestalten der Hamburger Unter- und Halbwelt schätzten dieses Traditionslokal. An manchen Abenden waren hier Herrschaften vertreten, die zusammen etliche Jahre Knast repräsentierten. Gleichwohl ging es meistens einigermaßen gesittet zu. Dafür sorgte der strenge Wirt, Paul Bruhns, der die Kneipe im Lauf mehrerer Jahrzehnte zu einer Kultstätte auf St. Pauli gemacht hatte.

Unerklärlich war für die Stammgäste, wie Paule - so nannten ihn seine Freunde - es immer wieder fertigbrachte, die hübschesten Bedienungen zu engagieren. Paule achtete sehr darauf, dass die Mädchen nicht nur gut aussahen, sie mussten auch bereit sein, mit Kleidung äußerst sparsam umzugehen. Paule wusste genau, dass leicht bekleidete, gut gebaute Damen besonders anziehend auf seine vorwiegend männlichen Gäste wirkten. So war es nicht verwunderlich, dass seine Bude jeden Abend gerammelt voll war.

Eine „Bedienung", die das Konzept von Paule gut verstanden hatte, war Wiebke Jansen, die seit einiger Zeit zu den Stammkräften im „Goldbarren" zählte. In ihrem früheren Job war sie auf der Insel Amrum im „Gasthaus zum Pharisäer" tätig, wo sie als Servicekraft den Vorzug einer Ganzjahresanstellung genoss. Die Wirtsleute Silke und Nils Hansen hatten ihr wegen ihrer Zuverlässigkeit und ihres Engagements sogar eine Personalwohnung zur Verfügung gestellt. Wiebke fühlte sich sehr wohl auf der Insel und wäre wohl nie nach Hamburg gegangen, wenn da nicht die Sache mit dem Feuer passiert wäre. Die Wirtsleute hatten plötzlich kein Gasthaus mehr und deshalb auch weder Job noch Wohnung für sie. Auch wenn sie bis zum Saisonende weiter bezahlt wurde, sie musste sehen, wie es weitergehen würde.

Seit der Schulzeit hielt Wiebke immer Kontakt zu ihrer besten Freundin Anna Schöne, die auch im Gastgewerbe tätig war, und zwar im „Goldbarren" auf St. Pauli. Anna hatte schon öfter von den dortigen Arbeitsbedingungen und den außergewöhnlichen Verdienstmöglichkeiten geschwärmt. In ihrer Kneipe verkehre ein tolles Publikum, unter dem sehr häufig auch großzügige Herren waren, die für ein wenig „Zuwendung", wie sie es nannte, kräftig zu zahlen bereit waren.

Anna reagierte auf den Anruf von Wiebke hoch erfreut. „Natürlich frage ich meinen Chef, ob du bei uns arbeiten kannst. Er wird dich nur vorher sehen wollen! Und wegen eines Zimmers mach dir keine Sorgen, du kannst zunächst bei mir einziehen, bis du eine für dich geeignete Bleibe gefunden hast."

Und so kam es.

Wiebke stellte sich bei Paul Bruhns vor, der von ihrer Erscheinung sehr beeindruckt war. Sie hatte sich für das Vorstellungsgespräch sehr zurückhaltend gekleidet, eben „hanseatisch". Gewählt hatte sie ein dunkelblaues Kostüm, dessen Rock züchtig die Knie bedeckte. Unter der Kostümjacke verlieh ihr eine hochgeschlossene Bluse ein außerordentlich seriöses Aussehen. Auf auffälligen Schmuck hatte sie verzichtet. Geschminkt war sie ebenfalls sehr dezent.

Das alles konnte Paul Bruhns nicht täuschen. Ihm war sofort aufgefallen, dass die konservative Kleidung Schätze verhüllte, die es zu heben galt. Die Frau hatte eine umwerfende Figur. Wegen ihrer phantastischen Oberweite trug sie die knapp geschnittene Kostümjacke offen. Allein dieser Anblick hätte ihn schon überzeugt.

Nur selten hatte er ein so attraktives Mädchen getroffen, das zugleich in der Gastronomie gelernt hatte. Häufig hatte er zugunsten des Aussehens auf die Qualifikation als Servicekraft oder Bardame verzichtet und viel Mühe auf sich genommen, um die „Schönheiten" auszubilden. Die Prioritäten sahen bei ihm nun einmal anders aus als in einem normalen Gastronomiebetrieb. Er brauchte Mitarbeiterinnen mit einer sexy Ausstrahlung, die es mit den Moralbegriffen nicht allzu genau nahmen. Man war schließlich auf dem Kiez.

Mit Wiebke stand nun eine junge Frau vor ihm, die beides, Attraktivität und Qualifikation in idealer Weise verkörperte. Wiebke beeindruckte ihn wirklich: Naturblonde lange Haare, fast 1,80 Meter groß und eine Figur, bei der man schwach werden konnte. Mit Frauen, die die Ideale der Modebranche bedienten und in gewisser Weise unterernährt waren, konnte er überhaupt nichts anfangen. Bei ihm mussten Frauen wie Frauen aussehen, d.h. sie sollten ordentlich „etwas in der Bluse haben" und auch ansonsten sehr weiblich geformt sein. Wiebke entsprach genau seinen Vorstellungen. Da passte alles. Sie beeindruckte ihn nicht nur mit ihrer Oberweite, auch ihr Hinterteil war eine Sensation. Diese Frau musste er einfach für sein Etablissement gewinnen.

„Wenn du" - man hielt sich hier nicht lange mit dem „Sie" auf - „dich mit dem Dresscode unseres

Hauses anfreunden kannst, bist du dabei", schlug er ihr vor.

„Was bedeutet das?" fragte Wiebke, die von ihrer Freundin ja schon einiges über die „Arbeitsbedingungen" im „Goldbarren" erfahren hatte.

Paule hielt nicht lange mit seinen Vorstellungen hinter dem Berg: „Naja, unsere Kunden wollen den Aufenthalt bei uns genießen. Da geht es nicht nur um Getränke, wir müssen auch etwas fürs Auge bieten. Also, du musst schon zeigen, was du hast."

„Was heißt das konkret?"

„Ich erwarte, dass du viel von deinen herrlichen Brüsten zeigst und dass du einen kurzen Rock trägst, der den Blick auf deine langen Beine freigibt. Ob du einen Slip trägst, überlasse ich dir, aber besser ist natürlich ohne. Alles Weitere ergibt sich."

Paule, der bei dieser Erläuterung vielsagend lächelte, war sich sicher, dass er sie überzeugen würde. Von Anna hatte er ja schließlich erfahren, in welcher Situation Wiebke war. Sie brauchte den Job.

„Muss ich mit den Gästen ins Bett gehen?" Wiebke war skeptisch.

„Wo denkst du hin? Wir sind kein Puff. Du sollst zu den Gästen nett sein, damit sie sich bei uns wohlfühlen und eine ordentliche Zeche machen. Was du in deiner Freizeit machst und mit wem du in die Kiste steigst, geht mich nichts an und interessiert mich nicht."

Paule hoffte, sie damit zu beruhigen. Dass die Realität manchmal etwas anders aussah, würde sie schon noch rechtzeitig erfahren. Sein Augenzwinkern ließ darauf schließen, dass er durchaus selbst Interesse an einer näheren Beziehung zu Wiebke hatte. Aber die würde sich schon noch ergeben, wenn sie erst einmal in seiner Kneipe tätig war, dachte er. Er musste sich eingestehen, dass diese Frau eine sehr erotische Ausstrahlung hatte, die auch ihn nicht kalt ließ. Er würde alles tun, um sie zu erobern. Als ihr Chef müsste das doch wohl gelingen.

Wiebke nahm den Job an und war ab sofort eine der Damen, die sich um das Wohl der Gäste im „Goldbarren" zu kümmern hatten. Im Laufe der Zeit lernte sie viele interessante Leute kennen, darunter auch einige Herren, die von ihr mehr erwarteten, als einen Drink serviert zu bekommen. Sie blieb standhaft, was vom Chef wohlwollend zur Kenntnis genommen wurde. Vielleicht würden sich ja seine Chancen bei ihr verbessern.

Eigentlich fühlte Wiebke sich richtig wohl, lediglich die Tatsache, dass sie noch immer keine geeignete Wohnung gefunden hatte, machte ihr Sorgen. Die Wohnungen, die ihr gefielen und die entfernungsmäßig gepasst hätten, waren von ihrem Gehalt nicht bezahlbar. Ihrer Freundin, bei der sie noch immer wohnte, ging es da deutlich besser. Allerdings war Anna auch bereit, sich den einen oder anderen „Liebesdienst" von Stammgästen großzügig honorieren zu lassen. Das kam für Wiebke jedoch nicht infrage, jedenfalls noch nicht.

Eines Tages hatte Wiebke wieder einmal Dienst an der Bar. Das war immer eine besondere Herausforderung, jedenfalls was ihr Outfit betraf. Mittels einer Büstenhebe unter ihrem Top sorgte sie dafür, dass besonders viel von ihren herrlichen Brüsten preisgegeben wurde. Der Rock endete knapp unter ihrem prallen Po, was aber den meisten Gästen verborgen blieb, weil sie ja hinter der Bar stand.

Am späten Abend setzte sich ein Typ zu ihr an die Bar, der zweifelsfrei dem Rotlichtmilieu zuzuordnen war. Er machte einen sehr gepflegten Eindruck, obwohl es zu seinem Vorteil gereicht hätte, wenn die vollen schwarzen Haare etwas kürzer gewesen wären. Seinen Hang zu extravaganten Accessoires konnte er nicht leugnen. Unter seinem perfekt sitzenden schwarzen Anzug trug er ein schwarzes

Seidenhemd, von dem die oberen drei Knöpfe geöffnet waren, was den Blick auf ein etwas zu groß geratenes goldenes Kreuz freigab, das an einer schweren, goldenen Kette hing. Am rechten Handgelenk trug er eine protzige Rolex, und an der linken Hand zierte ein Brillantring den kleinen Finger. Sein Outfit wurde ergänzt durch ein knallrotes, seidenes Einstecktuch, das - etwas zu üppig arrangiert - als einziger Farbtupfer seine Erscheinung komplettierte.

Wiebke schätzte ihn auf Mitte 40 und stellte für sich fest, dass der Kerl trotz der etwas übertriebenen Fassade auf sie einen sympathischen Eindruck machte. Der wurde noch verstärkt, als sie seine Stimme vernahm. Es ist ja hinlänglich bekannt, dass eine sonore Männerstimme auf Frauen einen positiven, ja manchmal sogar erotisierenden Eindruck macht. So war es jedenfalls auch bei Wiebke, die schon bei seinen ersten Worten Feuer fing.

„Guten Abend schöne Frau, ich finde, dass Sie unglaublich gut aussehen."

„Danke", mehr konnte Wiebke nicht sagen. Sie war beeindruckt. Und schon fuhr ihr durch den Kopf, was ihre Freundin Anna ihr erzählt hatte: Sie möge sich vor den Zuhältern auf St. Pauli in Acht nehmen, die zunächst auf „charmant" machten, dann aber auf äußerst fiese Art und Weise die Frauen auszunutzen wussten und in eine höchst unangenehme Abhängigkeit drängten. Diesen Gedanken verwarf Wiebke jedoch sofort. Dieser attraktive Mann konnte unmöglich zu der Sorte Männer gehören, vor der Anna sie gewarnt hatte.

„Ich würde mich sehr freuen, wenn Sie mit mir ein Glas Champagner trinken würden. Bitte sagen Sie nicht nein. Ich bin übrigens Boris, nennen Sie mich einfach Bo."

Wiebke stimmte sehr gerne zu, denn dieser Mann faszinierte sie. Es war nichts dagegen einzuwenden, ihn näher kennenzulernen.

Und so nahmen auf St. Pauli die Dinge ihren Lauf.

***

5

Früh morgens gegen 4 Uhr ging es los. Maximilian Reischl hatte seiner Frau Resi erklärt, dass es von großem Vorteil sei, sehr früh zu starten, weil man dann vor Beginn des dichten Berufsverkehrs Nürnberg bereits hinter sich lassen könnte. Außerdem würde damit auch der Tatsache Rechnung getragen, dass sie, Resi, in der Nacht vor der ungewohnten Reise in den Norden wohl ohnehin nicht schlafen könne. Resis einziger Einwand war, dass sie so früh noch nicht frühstücken könne und als Folge davon sicher schlecht gelaunt sein würde. Das, fand Maximilian für sich, sei ein hinnehmbares Übel, das ihm durchaus vertraut war. Aber er hatte einen versöhnlichen Vorschlag: Man würde am Biebelrieder Kreuz in einem sehr schönen Gasthof, den er von einer früheren Dienstreise noch in Erinnerung hätte, ganz gemütlich frühstücken und dann gut gestärkt die Weiterreise antreten. Dieser Vorschlag gefiel Resi, sie akzeptierte die mit dem frühen Start verbundenen Unannehmlichkeiten.

Die Einkehr im „Gasthof Leicht" in Biebelried war ein Auftakt für ihren Urlaub, der Resi sehr gefiel.

„Sag mal Maximilian, bist du während deiner Dienstreisen öfter in so komfortablen Häusern zu Gast?" Resi war von der Atmosphäre, dem netten Personal und besonders von dem üppigen Frühstücksbuffet wirklich beeindruckt.

Maximilian, der sich gerade eine Semmel mit leckerer fränkischer Leberwurst bestrich und dann Resi Kaffee nachschenkte, wiegelte ab:

„Natürlich nicht, das war die absolute Ausnahme. Ich war mit dem Kriminalrat unterwegs, der mich eingeladen hatte. Du weißt doch, wie knauserig der Freistaat Bayern ist. Häufig müssen wir uns unterwegs mit einer Leberkäs-Semmel zufrieden geben."

Nach dem Frühstück ging es gut gelaunt weiter Richtung Norden. Jetzt sollte sich der frühe Start als großer Vorteil erweisen. Wider Erwarten verlief die Fahrt ohne große Verzögerungen, so dass die Reischls bereits um die Mittagszeit „Niemeyers Posthotel" in Müden erreichten.

Vom idyllischen Müden waren sie begeistert. Sie hatten ja keine Ahnung, wie wunderschön romantisch dieser Ort war. Ihre Freunde hatten ihnen zwar erklärt, dass es sich bei Müden um eines der schönsten Heidedörfer der Lüneburger Heide handeln würde. Aber das, was sie hier zu sehen bekamen, hatten sie nicht erwartet. Der Ort überzeugte durch seinen historischen und ländlichen Charme und bildete, eingebettet in ein breites Wiesental und umringt von uralten Eichen, ein Refugium für die Seele.

Das Hotel befand sich ebenfalls unter riesigen Eichen. Das gesamte Ensemble gab einem das Gefühl, in eine andere Zeit versetzt zu sein.

Das „Romantik Post Hotel" verband den Heidjer-Charme mit dem modernen Komfort unserer Zeit und einem stilvollen Ambiente. Die warme Ausstrahlung verschiedener Hölzer und die Verwendung von Naturmaterialien spiegelten den rustikalen Charakter der Landschaft wieder.

Der Empfang war freundlich und zuvorkommend. Man fragte, ob die Herrschaften eine gute Anreise gehabt hätten und ob man beim Gepäck behilflich sein könne.

„Werden hier häufig Autos aufgebrochen?" Resi klang besorgt.

Die nette junge Dame am Empfang war etwas verwundert. „Nein, warum fragen Sie?"

„Wir haben unser ganzes Urlaubsgepäck im Wagen, ich weiß nicht so recht, ob wir das über Nacht im Auto lassen können?"

Jetzt schaltete sich Maximilian ein: „Aber Resi, mach dir keine Sorgen, hier ist es genauso sicher wie in Bayern. Das Gepäck bleibt im Auto!"

Resi: „Aber man weiß ja nie."

Die junge Dame am Empfang schaute jetzt eine Nuance weniger freundlich. Was bildete sich diese

Dame eigentlich ein? Soll diese Landpomeranze doch zuhause in Bayern bleiben. Da sie aber wusste, was sich gehört, behielt sie ihre Gedanken natürlich für sich. Stattdessen flötete sie: „Ich wünsche Ihnen einen schönen Aufenthalt!"

Maximilian spürte, dass sich da ein „Zickenkrieg" anbahnte. Deshalb versuchte er schleunigst, die Wellen zu glätten und bat die Dame: „Können Sie uns bitte für heute Abend einen Tisch in den Schäferstuben reservieren?"

„Selbstverständlich, Herr Reischl, sehr gerne." Die Dame am Empfang schaute etwas giftig auf Theresa Reischl, während sie die Reservierung bestätigte.

Auf dem Zimmer angekommen hatte Maximilian Reischl sich einer Frage zu stellen, die seiner Frau inzwischen auf der Seele lag:

„Warum musste es unbedingt dieses Hotel sein? Ich finde, dass diese Dame am Empfang eine Idee zu freundlich ist. Außerdem ist sie arrogant."

„Was soll das? Nur weil das Personal freundlich ist, musst du hier jetzt einen solchen Aufstand machen? Jetzt beherrsch dich mal und schau den Tatsachen ins Auge. Das Personal macht hier einen guten Job. Also beruhige dich."

Theresa Reischl empfand sich ziemlich unverstanden, fügte sich dennoch in ihr Schicksal und verschwand im Bad.

Den Nachmittag verbrachten sie auf der Terrasse des Hotels bei Kaffee und Heidjer Butterkuchen, der außerordentlich lecker war.

Das Abendessen war so, wie ihre Freunde es angekündigt hatten. Maximilian hatte sich für den zartrosa gebratenen Rücken von der Heidschnucke in Olivenjus, mediterranem Gemüse, Basilikum- und Thymiankartoffeln entschieden. Seine Frau Resi wollte kein Risiko eingehen und lieber etwas bestellen was sie kannte, nämlich den als Tagesspezialität angebotenen geschmorten Kalbstafelspitz. Maximilian hatte vergeblich versucht, sie zu überreden doch einmal etwas zu probieren, was sie noch nie gegessen hatte. Aber Resi blieb stur. Na, dachte er, das wird ja auf Amrum noch einige Überraschungen geben, denn bayrische Küche war dort ja wohl kaum zu erwarten.

Nach einem ausgiebigen Frühstück - selbst Resi war von der Auswahl auf dem Buffet angetan - ging es weiter nach Hamburg. Auf der Fahrt, u.a. durch wundervolle alte Alleen, gab es immer wieder traumhafte Ausblicke auf die blühende Heide. Resi und Maximilian Reischl waren von der Landschaft sehr beeindruckt und wunderten sich, dass die Lüneburger Heide doch nicht so flach ist, wie sie sich das vorgestellt hatten.

Für den kurzen Aufenthalt in Hamburg hatten sie eine Hafenrundfahrt geplant und - was Maximilian für unverzichtbar hielt - einen Bummel über die Reeperbahn. Natürlich war ihnen bewusst, dass dieses Programm nur einen sehr oberflächlichen Eindruck von Hamburg vermitteln konnte, aber es war eben einfach nicht mehr Zeit. Außerdem legte Maximilian großen Wert darauf, die Davidwache auf St. Pauli zu besichtigen. Für einen Kriminalbeamten aus dem Süden sicher verständlich.

Am späten Nachmittag verließen die beiden Hamburg mit dem Gefühl, dass es wohl besser gewesen wäre, für diesen Abstecher mehr Zeit einzuplanen. Aber vielleicht ergab sich ja auf der Rückreise noch einmal die Gelegenheit.

Die Weiterfahrt nach Husum verlief unspektakulär. Allerdings staunte Resi nicht schlecht, als es über den Nord-Ostsee-Kanal ging und sie den dichten Schiffsverkehr auf dieser meistbefahrenen künstlichen Wasserstraße der Welt sah. Bisher hatte sie immer den Main-Donau-Kanal für eines der wichtigsten Bauwerke dieser Art gehalten. Die bayrischen Politiker, allen voran die aus Bayern stammenden Verkehrsminister, waren ja auch nie müde, die Bedeutung dieser Wasserstraße zu betonen. Dabei findet der Main-Donau-Kanal nur einmal im Jahr öffentliche Beachtung, dann nämlich, wenn der „Challenge Roth" genannte Triathlon-Wettkampf stattfindet und die Athleten bei Hilpoltstein im Kanal ihre 3,8 km lange Schwimmstrecke absolvieren. Für den Schiffsverkehr spielt diese Wasserstraße eine eher untergeordnete Rolle. Aber das konnte Resi ja nicht wissen.

Husum gefiel den Reischls sehr gut. Sie hatten wegen der günstigen Lage am Hafen das Hotel Thomsen gewählt. Nach dem Check-In machten sie sich zu einem Stadt- und Hafenbummel auf. An einem der vielen Verkaufsstände war es dann soweit, Maximilian hielt eine Stärkung mittels eines Fischbrötchens für angesagt, selbst Resi entschloss sich zum Verzehr eines Krabbenbrötchens und meinte danach: „Mei, war des guat".

Der Aufenthalt am Husumer Hafen löste bei den beiden Reischls endlich richtige Urlaubsstimmung aus. Die Nordseeküste hatte offensichtlich viel zu bieten. Der Binnenhafen, mit dem die Nordsee bis fast an den Marktplatz reicht, und die im Außenhafen liegende Fischkutterflotte sorgten bei ihnen für eine positive Erwartungshaltung. So langsam freute sich auch Resi auf den Urlaub auf der Insel Amrum.

Mit Spannung sahen sie deshalb auch am nächsten Morgen der Überfahrt mit der Autofähre entgegen. Die Fahrt von Husum nach Dagebüll brachte für sie die erste Überraschung. So hatten sie sich die Küste nun wirklich nicht vorgestellt. Über Bredstedt, Bordelum und Ockholm gelangten sie zunächst nach Schlüttsiel und von dort nach Dagebüll. Völlig unerwartet war für sie, dass sie nur an wenigen Stellen auf das Meer schauen konnten, der Deich war ja viel höher, als sie erwartet hatten. Umso mehr beeindruckte sie die Landschaft hinter dem Deich, wo besonders das Vogelschutzgebiet Hauke-Haien-Koog mit einem unglaublichen Vogelreichtum aufwartete.

Die Formalitäten in Dagebüll waren schnell erledigt, und dann hatte Maximilian Reischl sich in die Pkw-Warteschleife eingereiht. Resi staunte als sie sah, wie viele Fahrzeuge offensichtlich von nur einer Fähre transportiert werden sollten. Maximilian, der sich vorher genau informiert hatte, erklärte ihr, dass die „Rungholt", mit der sie nach Amrum fahren würden, fast 1200 Passagiere und über 50 PKW aufnehmen könne. Dabei sei dies noch ein älteres, kleineres Schiff. Auf den moderneren Fähren, wie z.B. der „Schleswig-Holstein", könnten ca. 75 PKW transportiert werden.

Endlich ging es los. Sie wurden aufgefordert, über die Rampe auf das Schiff zu fahren, wo ihnen ein

Stellplatz zugewiesen wurde. Über ein paar Treppen gelangten sie dann in den großen Aufenthaltsraum. Sie bestellten Bockwurst mit Kartoffelsalat, dazu Flensburger Pils - für Resi natürlich alkoholfrei - und warteten gespannt auf das Ablegemanöver.

Dieser Tag mit der Überfahrt nach Amrum war für die Reischls ereignisreich und überaus interessant. Nach dem Zwischenhalt in Wyk auf Föhr gingen sie auf das oberste Deck, von wo sie einen herrlichen Rundumblick genießen konnten. An der Insel Föhr vorbei konnten sie auf der Backbordseite die Hallig Langeness sehen.

„Kann man eine solche Hallig besuchen?" Resi zeigte immer mehr Interesse, obwohl sie sich doch zunächst so sehr gegen diesen Urlaub gesträubt hatte.

„Natürlich, wenn das Wetter so bleibt und es nicht zu stürmisch ist, fahren wir auf die Hallig Hooge." Maximilian hatte im „Kleinen Amrumer" geblättert, dem Amrumer Ferienmagazin, das auf dem Schiff auslag. Und da wurden Ausflüge angeboten, u.a. auch ein Tagesausflug auf die Hallig Hooge.

Damit war der erste Programmpunkt ihres Amrum-Urlaubs bereits fixiert. Sicher gab es noch andere interessante Ausflugsziele, z.B. die Insel Sylt, aber sie hatten ja drei Wochen Zeit, um die Insel Amrum und die Umgebung zu erkunden. Vielleicht würden sie sich ja auch zu einem Tagesausflug nach Helgoland entschließen.

Maximilian Reischl wusste als Kriminalkommissar natürlich, dass derlei Planungen manchmal wegen unvorhersehbarer Ereignisse einfach ins Wasser fallen konnten.

Aber was sollte auf Amrum schon passieren?

***

6

Boris Kolev war so ziemlich jeden Abend im „Goldbarren" anzutreffen. Gleich nachdem er Wiebke kennengelernt hatte und er gute Chancen sah, bei ihr mehr zu erreichen, versuchte er, so oft wie möglich bei ihr an der Bar zu erscheinen und ihr den Hof zu machen. Dies tat er auf eine Art, die bei Wiebke offensichtlich gut ankam. Er sparte nicht mit Komplimenten und lobte immer wieder ihre Art, sich zu kleiden - inzwischen hatte sie die Kunst des Weglassens perfektioniert. Mit ihren großzügig präsentierten weiblichen Reizen hatte sie so manchem Kerl den Kopf verdreht – sehr zur Freude ihres

Chefs Paule, dem Wirt des Etablissements. Paule sah ihr Auftreten vorrangig unter geschäftlichen Aspekten, wenngleich sein persönliches Interesse an Wiebke ungebrochen war und er sie zu gerne privat kennengelernt hätte.

Es hatte sich herumgesprochen, dass im „Goldbarren" ein unglaublich „steiler Zahn" hinter der Bar stand. Ein Besuch würde sich allemal lohnen, auch wenn man bei dieser attraktiven Frau nicht landen könne. Paule gefiel die positive Auswirkung auf seine Umsätze sehr. Deshalb tolerierte er die häufige Anwesenheit von Boris, auch wenn zugegebenermaßen die Konzentration Wiebkes dadurch nicht unerheblich beeinträchtigt wurde.

Wiebke hatte nur noch Augen für Boris. Alle Annäherungsversuche von Kerlen, die unverhohlen bei ihr „baggerten", wehrte sie freundlich, aber bestimmt ab.

Boris, der über reiche Erfahrungen bei der Eroberung von attraktiven Damen hatte - das war schließlich eine wichtige Voraussetzung für einen Teil seiner auf St. Pauli erfolgreich getätigten Geschäfte - hielt den Zeitpunkt für gekommen, im Rahmen seiner Strategie den nächsten Schritt zu wagen. Er lud Wiebke ein, an ihrem nächsten freien Tag mit ihm einen Ausflug nach Blankenese zu unternehmen. Sie sagte sofort zu. Inzwischen hatte sie nämlich schon Zweifel, ob er denn überhaupt einen derartigen nächsten Schritt unternehmen würde. Aber der erfahrene Boris wusste genau, wie und wann er ihn zu tun hatte.

Er wollte Wiebke zu diesem Ausflug abholen und erfuhr deshalb von ihr, dass sie noch immer bei ihrer Freundin Anna wohnte. Wiebke staunte nicht schlecht, als Boris zum verabredeten Zeitpunkt vor dem Haus lässig an einem feuerroten Ferrari lehnte. Er trug wieder den eleganten schwarzen Anzug mit dem roten Einstecktuch. Ihr fiel auf, dass dieses Rot perfekt zu dem Sportwagen passte. Der Mann hatte Stil und konnte sich eindrucksvoll in Szene setzen. Wie ein Kavalier der alten Schule öffnete er ihr die Wagentür und ließ sie einsteigen. Als sie auf dem Beifahrersitz Platz nahm, rutschte ihr kurzer Rock sehr weit nach oben, wodurch ihre Beine in voller Länge sichtbar wurden und Boris mit Freude zur Kenntnis nehmen konnte, dass sie auf einen Slip verzichtet hatte.

„Das wird bestimmt ein interessanter Abend!" sagte er sich.

Die Fahrt nach Blankenese war atemberaubend. Der eindrucksvolle Sound des Motors ließ viele Passanten aufhorchen. Auf dem Parkplatz vor dem Restaurant versammelten sich sofort Schaulustige. Wiebke zog ebenso die Blicke auf sich wie das extravagante Auto. Der Kerl, der sich diesen Wagen leisten konnte und es geschafft hatte, diese tolle Frau abzuschleppen, war wirklich zu beneiden.

Im Restaurant wurden sie vom Manager wie alte Freunde begrüßt. Wiebke schloss daraus, dass Boris hier ein gern gesehener Stammgast war. Und so saßen sie an diesem herrlichen Sommerabend in der „Seaside Lounge" auf dem Süllberg und ließen sich bei traumhaftem Elbblick mit Delikatessen aus der Sterneküche von Karlheinz Hauser verwöhnen. Dass die anderen Gäste bewundernd auf die attraktive Frau an seiner Seite starrten, freute Boris natürlich. Es machte ihn stolz, obwohl er derartige Situationen ja öfter erlebte.

Im Lauf des Abends kamen sie sich näher und so fügte es sich, dass Boris eine Menge über Wiebke erfuhr, er aber über sich, insbesondere über die Geschäfte, denen er nachging, nur wenig erzählte. Er berichtete Wiebke, dass er eine großzügige Penthouse-Wohnung in der Nähe des Hafens bewohne.

Als sie zu später Stunde aufbrachen, machte er ihr den Vorschlag, seine Wohnung zu besichtigen, von der man einen fantastischen Blick über den Hafen hätte, was besonders am Abend reizvoll wäre. Sie war sofort dazu bereit. Natürlich in dem Bewusstsein, dass er wohl mehr wollte, als nur seine Wohnung zu zeigen. Eigentlich war dieser Vorschlag nicht viel kreativer als die Nummer mit der Briefmarkensammlung. So naiv, anzunehmen, dass er sie nur mit dem Blick aus dem Fenster oder von der Terrasse beeindrucken wollte, war sie nicht. Aber sie war ja nicht abgeneigt, sich von ihm verführen zu lassen. Was sie erwartet hatte, geschah.

Sie verbrachten die Nacht gemeinsam. Wiebke musste sich eingestehen, dass dieser Boris durchaus Qualitäten hatte, auch nachdem er sich seines gepflegten Outfits entledigt hatte. Das war ein Mann, der genau wusste, wie man eine Frau im Bett glücklich machte. Sie konnte sich jedenfalls nicht erinnern, jemals von einem Mann in eine solche Ekstase versetzt worden zu sein. Deshalb hatte sie nach dieser Nacht überhaupt nichts dagegen, wenn sich aus dieser Begegnung eine engere Beziehung ergeben würde. Sie war in Boris verknallt.

Boris war sich seiner Chancen bei Wiebke sehr wohl bewusst. Er kannte seine Wirkung auf Frauen. Da er ja nun erfahren hatte, dass sie immer noch bei ihrer Freundin wohnte und weiterhin auf Wohnungssuche war, ergriff er die Gelegenheit beim Schopf: „Was hältst du davon, wenn du bei mir einziehst? Ich habe genug Platz, du hast es nicht weit bis zu deiner Arbeit, und du kannst bei mir umsonst wohnen."

Abgesehen von ihrer frischen Liebe zu Boris fand sie das Angebot auch sonst äußerst verlockend. Deshalb sagte sie sofort begeistert: „Ja, sehr gerne."

„Gut, ich lasse deine Sachen morgen bei deiner Freundin abholen."

Wiebke fand, dass sie es sehr gut getroffen hatte. Mit dem Mann, den sie liebte, zusammenzuleben und dazu noch einen tollen Job bekommen zu haben, der ihr viel Spaß machte - was wollte sie mehr? Endlich musste sie auch nicht mehr wehmütig an die schöne Zeit auf Amrum zurückdenken, die ja für sie wegen der unglücklichen Vorgänge gar zu schnell vorübergegangen war. Das verheerende Feuer bei ihrem früheren Arbeitgeber war inzwischen fast vergessen. Natürlich hatte sie Boris erzählt, warum sie nicht auf Amrum geblieben war.

In Hamburg begann für Wiebke nun eine glückliche Zeit. Sie hätte zwar gerne gewusst, welchen Geschäften ihr neuer Lebenspartner nachging. Er war aber offensichtlich nicht bereit, Details preiszugeben. Sie musste sich mit der Erklärung zufrieden geben, er sei im Import/Export tätig, was eine sehr unregelmäßige Arbeitszeit mit sich bringe. Der Aufwand sei aber angemessen, denn wie man an seinem Lebensstandard ja erkennen könne, lohne sich dieses Geschäft. Wiebke konnte nicht ahnen, dass er seine Finger auch in mancherlei dubiosen Transaktionen hatte, über die die Öffentlichkeit und die einschlägigen Behörden besser nicht informiert waren.

Vor diesem Hintergrund war es auch nicht verwunderlich, dass Boris hin und wieder für mehrere Tage auf „Geschäftsreise" ging, ohne Wiebke genau zu erklären, wohin und in welcher Angelegenheit er unterwegs war. Mit der Zeit machte ihr diese Ungewissheit nichts mehr aus, sie hatte sich daran gewöhnt. Anfangs hatte sie manchmal nachgefragt, wo er denn erreichbar sei und wann sie mit seiner Rückkehr rechnen könne. „Frag mich nicht, ich kann darüber nicht sprechen."

Inzwischen hatte sie sich damit abgefunden, weil es ihr eigentlich ja sehr gut ging. Sie wurde von Boris großzügig verwöhnt und er ließ ihr alle Freiheiten. Die Beziehung funktionierte perfekt, auch deshalb, weil Wiebke ihm absolut treu war. Im Übrigen war er auf dem Kiez so gut vernetzt, dass er eigentlich immer informiert war, was Wiebke so unternahm. Die Annäherungsversuche, denen Wiebke am Anfang ihrer Tätigkeit im „Goldbarren" ausgesetzt war, hatten eigenartigerweise schlagartig nachgelassen, als bekannt wurde, dass sie nun die „Braut" von „Bo" Kolev war. Auf dem Kiez hatte sich längst herumgesprochen, dass es äußerst ungesund sein konnte, „Bo" ins Gehege zu kommen. In Insiderkreisen galt die Regel: Entweder mit „Bo" befreundet sein oder Abstand halten.

Der Ruf von Boris hatte sich über mehrere Jahre begründet. So hatten sich einige seiner „Konkurrenten" in der Vergangenheit nach Meinungsverschiedenheiten, die in aller Regel längere Krankenhausaufenthalte zur Folge hatten, entschlossen, ihr Geschäftsfeld etwa nach Frankfurt, Berlin oder Wien zu verlegen. In der Nähe von Boris Kolev hatten ihre Chancen auf erfolgreiche Geschäfte in unzumutbarer Weise gelitten.

Eines Tages kündigte Boris wieder einmal eine Geschäftsreise an: „Ich werde für ca. eine Woche verreisen, um ein wichtiges Geschäft zum Abschluss zu bringen. Mach dir keine Sorgen, ich bin bald wieder hier. Ich rufe dich von unterwegs an." Damit musste Wiebke zufrieden sein.

***

7

Die Autofähre „Rungholt" näherte sich Wittdün, dem Hafen auf der Insel Amrum. Schon von weitem war der Leuchtturm, das Wahrzeichen von Amrum, zu sehen. Die Reischls hatten sich vor ihrer Reise bereits informiert und wussten, dass er der höchste an der norddeutschen Nordseeküste ist und eine herrliche Aussicht auf Amrum, die Nachbarinseln und die Nordsee bietet. Den Besuch des Leuchtturms hatten sie natürlich für ihren Urlaub fest eingeplant.

Bis kurz vor dem Anlegemanöver blieben sie an Deck, um den Blick auf ihre Urlaubsinsel zu genießen. Endlich hatten sie nach dieser langen Reise ihr Ziel erreicht. Nach Verlassen der Fähre lag nur die kurze Fahrt von Wittdün nach Norddorf vor ihnen, durch die wunderschöne Wald- und Heidelandschaft der Insel.

Nach herzlicher Begrüßung in der „Pension Flor" bezogen sie ihre Ferienwohnung, in der sie die nächsten drei Wochen wohnen würden. Sie fühlten sich vom ersten Moment an wohl, so geschmackvoll und gemütlich war die Wohnung eingerichtet.

Der Tag der Ankunft wurde natürlich für erste Erkundungen genutzt. Norddorf hatte ja wirklich einiges zu bieten. Da hatten ihre Freunde in Rosenheim, die ihnen diesen Ferienort empfohlen hatten, wirklich nicht übertrieben. Beim Bummel, der sie den „Strunwai" entlang führte, entdeckten sie so manches Geschäft, das sie die nächsten Tage noch genauer unter die Lupe nehmen wollten.

Auch einladende Restaurants und Cafés ließen auf einen abwechslungsreichen Urlaub hoffen. Geschäfte, wie Modehaus Jannen oder das Friesenlädchen, brachten Theresa Reischl zu der Erkenntnis, dass es mit der Versorgungslage auf dieser Insel wohl doch nicht so betrüblich bestellt war, wie sie aus bayrischer Sicht zunächst angenommen hatte. Besonderes Interesse brachte sie der zentral gelegenen „Insel Goldschmiede Rickmers" entgegen, in deren Schaufenster sehr geschmackvolle Schmuckstücke mit regionalem Bezug ausgestellt waren. Resi hoffte darauf, dass sich im Verlauf ihres Urlaubs noch die eine oder andere Gelegenheit ergeben würde, ihren Mann zu einem Kauf animieren zu können. Bei einem gelegentlichen Besuch der in unmittelbarer Nachbarschaft zu „Rickmers" befindlichen Eisdiele gedachte sie, ihren Maximilian vor das Schaufenster zu locken, in dem sie einen Armreif entdeckt hatte, in den sie sich sofort verliebt hatte. Aber für diese Aktion hatte sie ja nun noch drei Wochen Zeit. Natürlich konnte sie nicht ahnen, dass Maximilian wegen der kommenden Ereignisse wenig Sinn für derlei Wünsche seiner Resi haben würde.

Den ersten Besuch am Strand wollten sie sich für den nächsten Tag aufheben, für den sie auch ihren Strandkorb gemietet hatten. Am heutigen Nachmittag hatten sie die Absicht, sich einen Überblick über Norddorf verschaffen.

Natürlich waren in ihrer Ferienwohnung alle Voraussetzungen gegeben, um Mahlzeiten selbst zuzubereiten. Für das Frühstück am nächsten Morgen hatte Theresa Reischl noch ein paar Einkäufe im Supermarkt getätigt, dessen umfangreiches Angebot sie anerkennend zur Kenntnis genommen hatte. Es war aus ihrer Sicht erstaunlich, welchen Lebensstandard die Inselbewohner hier wohl in den letzten Jahren erlangt hatten. War sie doch bisher davon ausgegangen, dass besonders der Norden im Rahmen des Länderfinanzausgleichs von Bayern kräftig unterstützt werden musste, also innerdeutsch quasi als „Entwicklungsland" zu gelten hatte. Völlig unverständlich war für sie, dass hier in Norddorf die Geschäfte sogar an Sonn- und Feiertagen geöffnet hatten. Das gab es ja nicht einmal in Rosenheim.

Heute, am Tag ihrer Ankunft, wollten sie am Abend eines der reichhaltigen Angebote gastronomischer Art nutzen und sich verwöhnen lassen. Ihre Wahl fiel auf das „Romantik Hotel Hüttmann", das nur wenige Schritte von der „Pension Flor" entfernt lag und auf sie einen sehr guten Eindruck gemacht hatte. Die Speisekarte des Restaurants war zwar sehr verlockend, doch die Preise passten nicht so recht zu den finanziellen Möglichkeiten eines bayrischen Polizeibeamten. Deshalb entschieden sie sich für einen Imbiss im Café-Bistro des Hotels, wo es eine durchaus akzeptable Karte mit leckeren Gerichten zu moderaten Preisen gab.

Am nächsten Morgen begann der eigentliche Urlaub auf Amrum. Maximilian hatte sich entschlossen, zum Frühstück frische Semmeln zu kaufen. Der Bäcker Schult, vor dessen Verkaufsraum sich in aller Frühe der herrliche Duft von frischen Brötchen und leckerem Butterkuchen verbreitete, befand sich gewissermaßen in der Nachbarschaft, also nur wenige Meter von der „Pension Flor" entfernt. Maximilian staunte nicht schlecht als er feststellen musste, dass sich in der Bäckerei eine lange Schlange gebildet hatte, die bis weit vor den Ladeneingang reichte. Die Wartezeit vor dem Laden gestaltete sich für Reischl allerdings sehr kurzweilig, denn hinter ihm standen zwei Herren, die überschwänglich vom gestrigen Aufenthalt in der

„Blauen Maus" schwärmten, was sich für Reischl sehr nach zwielichtigem Nachtleben anhörte. Als die beiden jedoch auf die unglaubliche Whiskyauswahl in diesem Etablissement zu sprechen kamen, drehte er sich um und fragte die Herren:

„Wo findet man denn diesen Laden? Das hört sich ja ziemlich interessant an. Ich bin nämlich Whisky-Fan und würde der ‚Blauen Maus' gerne einen Besuch abstatten!"

„Kein Problem", antwortete der Ältere der beiden. „Einfach die Straße Richtung Wittdün. Kurz hinter dem Campingplatz vor Wittdün. Können Sie nicht verfehlen. Die „Blaue Maus" ist übrigens als beste Whiskybar Deutschlands ausgezeichnet worden. Ein Besuch lohnt sich immer!"

Damit hatten sie Maximilian Reischl überzeugt. Da musste er unbedingt hin. Es galt nur zu vermeiden, wegen eines solchen Alleingangs Resi zu verärgern. Schließlich machten sie gemeinsam Urlaub. Deshalb standen selbstverständlich vornehmlich gemeinsame Unternehmungen auf der Tagesordnung. Aber im Verlauf von drei Wochen würde sich schon eine Gelegenheit ergeben.

In der Warteschlange ging es recht flott voran, so dass er bald von einer netten Verkäuferin nach seinen Wünschen gefragt wurde. Seine Bestellung wurde freundlich und schnell erledigt. Mit dem Begriff „Semmeln" konnte man hier offensichtlich gut umgehen, er war ja nicht der erste Bayer, der den Weg nach Amrum gefunden hatte.

Resi und Maximilian waren sich beim Frühstück einig: Die Semmeln vom Bäcker Schult waren einfach sensationell. Diese Delikatesse würden sie sich wohl jeden Morgen gönnen.

Endlich zum Strand. Die Reischls waren sehr gespannt. Jetzt würde sich zeigen, ob die Schwärmerei ihrer Freunde gerechtfertigt war und die so überaus positiven Berichte, die sie im Vorfeld zu ihrem Urlaub über Amrum gelesen hatten, bestätigt würden.

Und tatsächlich waren sie überwältigt. Weicher, feinsandiger Sand soweit sie schauen konnten. Das war also das Urlaubsparadies mit dem breitesten Sandstrand in Europa. Sie hatten allerdings auch erfahren, dass dieses besondere Attribut ergaunert sei. Jedenfalls behaupteten das böse Zungen aus Sylt.

Den Vorwurf, sie würden eigentlich ihr Land von den Inselnachbarn stibitzen, mögen die Amrumer gar nicht gerne hören. Tatsächlich ist es zwar so, dass das Sylter Eiland jährlich an Land verliert und Amrums Kniepsand immer breiter wird. Doch haben geologische Untersuchungen das Geheimnis um die wandernden Sandmassen gelüftet. Die einzigartige Kniepsandlandschaft Amrums wird hauptsächlich von Westen und Südwesten her angespült. Mit den Abbrüchen auf der nördlich gelegenen größeren Schwesterinsel kann das also nicht viel zu tun haben.

Dennoch hält sich diese Mär beharrlich und mag auch etwas mit der freundschaftlichen "Feindschaft" und Unterschiedlichkeit der beiden Inseln zu tun haben. Gerade so, wie sie auch zwischen Köln und Düsseldorf besteht.

Aber auch sonst hatten die Reischls allerlei Geschichten über diese Region erfahren, bei der die Bewohner Amrums nicht immer mit Lob überhäuft wurden. Besonders die Tatsache, dass früher viele auf Grund gelaufene Schiffe ausgeraubt wurden, war doch bemerkenswert. Der Hauptkommissar hatte seine Stirn missbilligend in Falten gelegt, als er erfahren hatte, dass die Amrumer mittels irreführender Feuer am Strand so manchen Kapitän ins

Verderben gelockt hatten. Das war zwar lange her, aber als Polizist konnte Reischl das nicht gutheißen.

Fiete Martens, bei dem sie rechtzeitig einen Strandkorb für ihren Urlaub bestellt hatten, begrüßte sie mit einem herzlichen „Moin, Moin!" Aus lauter Gewohnheit hatten sie beide mit „Grüß Gott!" geantwortet. Das irritierte Fiete nicht, weil die Zahl der Bayern, die auf Amrum Urlaub machten, von Jahr zu Jahr zunahm. Ihm war ohnehin egal, wer in seinen Strandkörben saß. Natürlich waren ihm die „Langzeiturlauber" lieber als die Gäste, die sich nur tageweise – je nach Wetterlage – einen Strandkorb leisteten. Letztere verursachten schließlich deutlich mehr Aufwand.

„Wo möchten die Herrschaften sich denn niederlassen? Am Wasser oder lieber am Dünenrand?"

„Lieber hier vorne unterhalb der Dünen." Theresa war sich nicht sicher, ob ein Platz direkt am Wasser nicht doch unangenehm werden könnte. Sie hatte gelesen, dass bei Sturmflut der gesamte Strand überflutet werden konnte. Maximilian schwieg, weil ihm natürlich bekannt war, dass seine Frau außerordentlich ängstlich war und das Meer auch nicht wirklich mochte. Aber sie würde sich schon noch daran gewöhnen. Vielleicht könnten sie ja in der zweiten Woche ihren Standort ändern.

Es begannen erholsame Tage, die sie wegen des schönen Wetters überwiegend am Strand verbrachten. Für die geplanten Ausflüge nach Hallig Hooge und nach Sylt würden sie schon noch genug Zeit finden.

Mittags leisteten sie sich einen kleinen Imbiss in der „Strandhalle", hin und wieder gaben sie sich auch mit einem Fischbrötchen zufrieden. Maximilian staunte wieder einmal über seine Frau. Er kannte sie nun wirklich nicht als begeisterte Fischesserin. Das höchste der Gefühle war Chiemsee-Renke, die sie ein- oder zweimal im Jahr auf den Tisch brachte, um ihm einen Gefallen zu tun. Dass sie jetzt von den Fischgerichten, die auf der Insel besonders frisch angeboten wurden, derartig schwärmte, war eine große Überraschung für ihn. Und so blieb es nicht aus, dass sie den „Fischbäcker", an dem sie vorbeikamen, wenn sie auf dem Rückweg zur Pension die Route durch die Dünen wählten, besonders gerne aufsuchten. Allerdings war hier am frühen Abend mit einer ähnlichen Warteschlange vor dem Eingang zu rechnen, wie Maximilian sie am ersten Morgen vor der Bäckerei Schult angetroffen hatte.

***

8

Mit ihren Strandkorbnachbarn, einem älteren Ehepaar aus Berlin, waren sie schon bald ins Gespräch gekommen. Die beiden waren „Wiederholungstäter". Wie sie berichteten, kamen sie schon seit über 20 Jahren immer wieder nach Amrum. Hier könne man richtig Urlaub machen und sich erholen, während auf Sylt ja im Sommer die „Reichen und Schönen" residierten, was überhaupt nicht ihre Sache sei. Und ob sie denn schon im „Gasthaus zum Pharisäer" gegessen hätten? Das sollten sie sich auf gar keinen Fall entgehen lassen. Ambiente und Küche seien sehr zu loben und ein Abend in dieser Atmosphäre gehöre unbedingt zu einem Amrum-Urlaub. Im gleichen Atemzug erwähnten sie auch die „Seekiste" in Nebel, wo ein gewisser Willem Olsen die besten Bratkartoffeln auf der Insel serviere. Dort müsse man auch unbedingt die Sylter Austern probieren, eine wahre Delikatesse.

Bei dem Hinweis auf Austern verzog Theresa ihr Gesicht. Fisch ja, aber Austern? Niemals.

„Haben Sie denn schon einmal Austern gegessen?" wurde sie gefragt.

„Nein, natürlich nicht, diese wabbelige Masse kann ich nicht essen. Außerdem sollen die Dinger ja noch leben." Theresa vertraute ihrem gesicherten Vorurteil.

Aber der Empfehlung, die das „Gasthaus zum Pharisäer" betraf, wollten die Reischls gerne folgen. Auch ihre Freunde in Rosenheim hatten schließlich einen derartigen Besuch für unverzichtbar gehalten.

Die Bemerkung, Sylt sei die Insel, auf der wohl eher die „Schicki-Micki-Gesellschaft" anzutreffen sei, war gut nachzuvollziehen, denn eine in diese Kategorie einzuordnende Klientel war auf Amrum ganz selten anzutreffen. Das hatten die Reischls schon in den ersten Tagen wahrgenommen. Hier gab man sich zurückhaltend und verzichtete auf die Zurschaustellung neureicher Errungenschaften. Protzige Autos, in denen in teuren Zwirn gekleidete „Herren" ihre „aufgebrezelten" Begleiterinnen ausführten, waren die absolute Ausnahme. Amrum war die richtige Destination für Familienurlaub, das merkte man an jeder Ecke.

Aber es gab auch Ausnahmen. So waren Resi und Maximilian doch sehr überrascht, als sie auf dem Parkplatz vom „Gasthaus zum Pharisäer", in dem sie an diesem Abend einen Tisch reserviert hatten, einen feuerroten Ferrari mit Hamburger Kennzeichen stehen sahen.

„Da hat sich wohl jemand verirrt", bemerkte Reischl nur und führte seine Frau in die Gaststube, deren gemütliche Einrichtung in friesischem Stil sich sehr von dem herben Charme traditionell eingerichteter bayrischer Gasthäuser unterschied. Hier konnte man sich wohlfühlen. Wenn nun das Essen noch in besonderer Qualität wäre, würden sie hier sicher einen gemütlichen Abend verbringen.

Nachdem sie ihr Menü bestellt hatten, konnte Maximilian Reischl es sich nicht verkneifen, den Ober nach dem Ferrari auf dem Parkplatz zu fragen:

„Ich habe den roten Ferrari auf dem Parkplatz gesehen, sie haben ja tolle Gäste."

Reischl spekulierte darauf, dass der Ober durch eine solche Bemerkung mitteilsam würde, was er in ähnlichen Situationen häufig erlebt hatte.

„Naja, das ist schon ein toller Wagen, aber nicht nur Gäste fahren hier auf der Insel Ferrari." Der Ober war wirklich gesprächig.

Reischl nahm den Ball auf und reagierte: „Ein Ferrari hier auf der Insel? Das ist doch ein Witz. Von Wittdün nach Amrum sind es keine 9 Kilometer.

Wer kommt da auf die Idee, sich auf der Insel einen Ferrari anzuschaffen?"

Der Ober fühlte, dass es sich hier um einen Gast handelte, dem er seine Meinung mitteilen konnte. Jetzt gab es die Chance, ein interessantes Gespräch über einen Insulaner zu führen, der nach seiner Meinung „nicht alle Sandkörner am Strand hatte" und noch dazu einen Konkurrenzbetrieb führte.

„Moment, ich gebe eben Ihre Bestellung auf, dann erzähle ich Ihnen die Geschichte von dem Ferrari auf der Insel."

Er verschwand in der Küche. Nach einer Weile kam er mit den Getränken zurück. Reischl hatte sich für ein Pils entschieden, während Resi auf einem Mineralwasser bestanden hatte.

Der Ober blieb bei den Reischls am Tisch stehen und berichtete: „Sie werden es nicht glauben, aber Ole Jessen, der früher Wirt vom ‚Hotel Wellkimmen' war, fährt den einzigen Ferrari auf der Insel, und zwar in kanariengelb."

Resi und Maximilian Reischl schauten ihn zweifelnd an und glaubten hier einem Scherz zum Opfer zu fallen.

„Glaube ich nicht", war die Reaktion von Maximilian. Resi staunte und schwieg.

Der Ober merkte, dass er die Gäste in der gleichen Weise irritiert hatte, wie ihm das mit dieser Information schon häufiger gelungen war. Die Geschichte mit dem gelben Ferrari war ja nun tatsächlich eine etwas ungewöhnliche Story. Wirklich überrascht und amüsiert waren die Reischls jedoch erst, als der Ober mit der Pointe herausrückte, die dazu geführt hatte, dass der Wirt vom „Hotel Wellkimmen" sich auf der ganzen Insel blamiert und zum Gespött der Einheimischen gemacht hatte.

Der Ober klärte auf: „Sie müssen wissen, dass dieser Ferrari nur mit einem VW-Motor ausgestattet ist. Das weiß jeder Insulaner, aber den Gästen will Ole Jessen offensichtlich imponieren. Dabei hat er sich zur Lachnummer auf der Insel gemacht. Selbst die Busfahrer berichten den neuen Gästen von dieser Absurdität."

Jetzt wurde das Essen serviert. Resi und Maximilian waren begeistert und nahmen sich fest vor, diesen Besuch während ihres Urlaubs noch einmal zu wiederholen.

Nach dem wunderschönen Abend in diesem sehr gepflegten friesischen Gasthaus gönnten sie sich in ihrer Ferienwohnung noch einen „Absacker". Sie kosteten den von Resi im Friesenlädchen gekauften „Küstennebel", der ihnen unerwartet gut schmeckte und begaben sich dann zu vorgerückter Stunde sehr zufrieden zu Bett.

***

9

Der nächste Vormittag sollte ganz anders verlaufen, als sie sich das für einen erholsamen Urlaubstag vorgestellt hatten. Das Frühstück lief noch wie jeden Tag ab: Maximilian hatte Brötchen - er benannte die „Semmeln" inzwischen landestypisch korrekt - beim Bäcker Schult eingekauft. Während er in der obligatorischen Schlange stand, hatte Resi liebevoll den Tisch gedeckt. Inzwischen hatten sie festgestellt, dass im Supermarkt in Norddorf eine weitaus größere Auswahl an leckeren Wurstwaren angeboten wurde als sie es von Bayern kannten. Jetzt verstanden sie auch, dass Jens, ihr Freund in Rosenheim, immer von den vielen schmackhaften Schinken- und Wurstsorten Norddeutschlands schwärmte. Kein Wunder, dass Resi etliche dieser leckeren, norddeutschen Spezialitäten auf den Tisch gebracht hatte.

Der Rucksack wurde heute mit einer zünftigen Brotzeit bestückt und schon ging es los in Richtung Strand. Heute waren die Reischls ungewöhnlich früh unterwegs, weil sie noch die morgendliche Flut für ein Bad in der Nordsee nutzen wollten. Bei Ebbe, die laut Tidenplan für die Mittagszeit angekündigt worden war, musste man ja relativ weit „Richtung England" wandern, wie Maximilian einmal im Scherz angemerkt hatte.

Zu dieser frühen Stunde waren natürlich nur wenige Gäste unterwegs. Amrum war nun einmal eine Urlaubsinsel, auf der die Gäste es langsam angehen ließen. Es kam durchaus vor, dass es erst am späten Vormittag am Strand lebhafter wurde. Diesem Umstand war es geschuldet, dass keiner der Strandkorbnachbarn von Resi und Maximilian die ungewöhnliche Veränderung in Reischls Strandkorb bemerkt hatte.

Die beiden waren an diesem Morgen höchst erstaunt, als sie entdeckten, dass in ihrem Strandkorb ein Mann saß, der offensichtlich die Nacht dort verbracht hatte. Er lehnte bequem in einer Ecke des Korbs und schlief.

Nun muss man wissen, dass die meisten vermieteten Strandkörbe abschließbar waren. Man stellte in den Strandkorb ein Holzgitter, das mittels eines mitgebrachten Schlosses verriegelt werden konnte. Das hatte den Vorteil, dass Badeartikel, Spielzeug etc. am Strand gelassen werden konnten und nicht jeden Tag hin und her geschleppt werden mussten. Den Aufwand, ein Vorhängeschloss zu besorgen, hielt Resi allerdings für übertrieben. Sie meinte, diese „Sicherung" von Eigentum sei kaum ausreichend und außerdem wollte sie ihre Utensilien ohnehin lieber jeden Tag mit in ihre Unterkunft nehmen. Ihr Strandkorb war also frei zugängig und konnte deshalb auch immer, wenn Reischls nicht am Strand waren, unbemerkt „fremdgenutzt" werden.

„Na, das geht ja heute gut los", meinte Maximilian zu seiner Resi, als er den „Übernachtungsgast" in ihrem Strandkorb entdeckte. Er steuerte auf den Fremden zu und gedachte ihn energisch zu wecken.

„Hallo, was soll das? Was nehmen Sie sich da heraus? Den Strandkorb haben wir gemietet!"

Mit diesen Worten stürmte er auf den Strandkorb zu. Der Kerl schlief offensichtlich sehr tief. Er reagierte nicht. Reischl entschloss sich, ihn wachzurütteln und berührte ihn an der Schulter.

„Mann, wachen Sie auf, verschwinden Sie!"

Den Gefallen tat der Fremde ihm nicht. Vielmehr fiel er auf die Seite und rührte sich nicht.

Reischl bemerkte sofort, dass hier etwas nicht stimmte und fühlte den Puls des Mannes. Als erfahrenem Kriminalbeamten war ihm schnell klar: Der Mann lebte nicht mehr.

„Was ist los?". Resi hatte die ganze Zeit daneben gestanden und ahnte, dass dieser Urlaubstag wohl anders verlaufen würde als sie gehofft hatte.

„Resi, der Mann ist tot. Da muss ein Arzt her. Und die Polizei."

„Aber du bist doch die Polizei!" Resi ging davon aus, dass ihr Maximilian als Kriminalhauptkommissar schon die richtigen Maßnahmen treffen würde.

„Liebe Resi, ich bin hier nicht zuständig, ich muss die örtliche Polizei rufen."

Unter der Nummer 110, die Reischl mit seinem Handy gewählt hatte, meldete sich: „Polizei Amrum, Polizeimeister Reiter, Moin, Moin!"

Reischl war von Beruf aus klare Ansagen gewöhnt, deshalb hielt er sich nicht lange mit der Vorrede auf: „Am Strand von Norddorf, unterhalb der Strandhalle, liegt ein toter Mann im Strandkorb. Kommen Sie schnell. Ich sichere den Fundort."

Der Polizeimeister Ingo Reiter, der erst vor kurzer Zeit nach der Ausbildung auf der Polizeischule Eutin auf die Insel versetzt worden war, gab die Info an seinen Chef weiter, den Oberkommissar Hinnerk Petersen. Die Bemerkung „Da tut einer sehr wichtig, so als könne er die Polizei auf Amrum herumkommandieren", konnte und wollte Ingo Reiter sich nicht verkneifen. Wenn er geahnt hätte, wer am anderen Ende der Leitung gewesen war, wäre sein Kommentar wohl etwas zurückhaltender ausgefallen.

Hinnerk Petersen, der seit vielen Jahren die Polizeistation auf Amrum leitete, sah dem jungen Mann nach, dass er eine Idee zu vorlaut war. Das würde sich wohl irgendwann noch legen. Hinnerk mochte den Dienst auf der Insel sehr. Er fühlte sich in der Rolle, die wichtigste Person der „Exekutive" auf Amrum zu sein, sehr wohl. In dieser Funktion gehörte man zu den anerkannten Honoratioren wie Pfarrer, Bürgermeister, Arzt, Apotheker, Schulleiter usw. Auch mit der Geschäftswelt der Insel pflegte er intensiven Kontakt. So war auch der wöchentliche Skatabend einzuordnen, an dem Hinnerk Petersen u.a. auch den Besitzer vom „Gasthaus zum Pharisäer" regelmäßig traf.

Hinnerk Petersen war ein eingefleischter „Insulaner", der so mit seiner Heimat verwurzelt war, dass er allen Verlockungen, die Heimat zugunsten einer erfolgreichen Karriere zu verlassen, widerstanden hatte. Nach seiner Ausbildung war es unumgänglich, in verschiedenen Polizeirevieren des Landes Dienst zu leisten. Sein Ziel war jedoch von Anfang an, möglichst bald nach Amrum zurückzukehren. Die Polizeistation Amrum war zwar nur eine nachgeordnete Dienststelle, aber Hinnerk nahm in Kauf, dass er in seiner Position erstens den Kollegen aus Niebüll unterstellt war und zweitens ziemlich chancenlos war, wenn es um Beförderungen ging. Das hatte er sich allerdings selbst zuzuschreiben, denn er war einem Ruf nach Flensburg in die dortige Polizeidirektion seinerzeit nicht gefolgt, was ihm negativ angekreidet wurde. Er fühlte sich in seiner Rolle auf der Insel Amrum wohl, wenngleich auch die interessanten Kriminalfälle eher nicht zu erwarten waren. Die Polizeiwache mit drei Beamten - einer davon war der bereits erwähnte Polizeimeister Ingo Reiter - wurde in den Sommermonaten durch zwei „Bäderpolizisten" erweitert.

Das aufregendste Ereignis in Hinnerks bisheriger Dienstzeit war wohl die Suche nach einem vermissten jungen Österreicher, dessen Leiche schließlich auf einem Strandspielplatz nahe Wittdün gefunden wurde. Der Junge lag tot an einem Klettergerüst in anderthalb Metern Tiefe unter Sand begraben. Zeitweise waren bis zu hundert Beamte im Einsatz.

Auch Hunde und Hubschrauber wurden eingebunden. Und selbst das Meer wurde nach dem verschwundenen Kind abgesucht.

Ansonsten war Amrum ein Ort, an dem Polizeieinsätze eher bei Verkehrsdelikten, Ladendiebstählen und Meinungsverschiedenheiten unter Nachbarn angesagt waren. Also für eine Polizeistation und deren Mitarbeiter ein beschaulicher Ort.

Folgerichtig war auch Hinnerk Petersen ein völlig unaufgeregter und in sich ruhender Beamter, der keinerlei Bedürfnisse nach „besonderen Ereignissen" hatte. Er hatte sich mit dem relativ ereignisfreien Leben auf der Insel eingerichtet und hoffte, dass es so bis zu seiner Pensionierung bleiben würde. Wer ihn ohne Uniform traf, wäre nie auf die Idee gekommen, einen Polizisten in ihm zu vermuten. Er machte eher den Eindruck eines erfahrenen Skippers, dem auch schweres Wetter auf See nichts ausmachte. Der inzwischen leicht ergraute Vollbart und die „Elbsegler Schiffermütze", ohne die er als Zivilist nie das Haus verließ, unterstrichen diese Einschätzung.

Nun gab es also eine Leiche am Strand. Das war an sich nichts Ungewöhnliches. Amrum war ja auch für „ältere Semester" ein bevorzugtes Urlaubsziel. Da kam es durchaus vor, dass – so bedauerlich das war – auch einmal ein Todesfall zu beklagen war. Nicht in jedem Fall war es der in Nebel stationierten Rettungswache möglich, noch rechtzeitig erfolgreich Hilfe zu leisten. In derartigen Fällen wurde der jeweils diensthabende Notfallarzt gerufen, der den Totenschein ausstellte, auf dem in aller Regel Herzversagen, Herzinfarkt oder so ähnliche Todesursachen vermerkt wurden. So würde es wohl auch heute sein.

Hinnerk Petersen und sein Assistent Ingo Reiter machten sich also auf den Weg von Nebel an den Strand von Norddorf. Ingo Reiter setzte sich ans Steuer des Streifenwagens und schaltete das Blaulicht ein.

„Langsam, langsam, junger Mann. Wir haben es mit einem Toten zu tun. Der hat es nicht eilig." Hinnerk fand, man könne den Ort des Geschehens auch erreichen, ohne mit Blaulicht und Martinshorn Bewohner und Gäste aufzuschrecken. „Bei einer Leiche ist ja wohl kaum Gefahr im Verzug".

Sie stellten den Wagen auf dem Parkplatz neben der Strandhalle in Norddorf ab und gingen den kurzen Bohlenweg, vorbei an den Strandkorbvermietern, zum Strand, wo sie von Frau Dr. Dietrich, der Ärztin, die gerade Bereitschaft hatte, und Maximilian Reischl erwartet wurden. Frau Dr. Dietrich war von Ingo Reiter unverzüglich angerufen worden. Da sie in Norddorf wohnte, war sie früher als Hinnerk Petersen und Ingo Reiter, der ja von seinem Chef zu einer defensiven Fahrweise angehalten worden war, beim Fundort eingetroffen. Reischl erläuterte kurz die Fakten, während die Ärztin den Toten einer ersten kurzen Untersuchung unterzog.

„Auf den ersten Blick kann ich nicht feststellen, woran er gestorben ist. Äußere Verletzungen sehe ich nicht. Es ist wohl von einer natürlichen Todesursache auszugehen, aber sicher bin ich nicht."

In diesem Moment kamen Hinnerk Petersen und Ingo Reiter dazu. Inzwischen hatten sich etliche Schaulustige versammelt, die immer näher an den Strandkorb rückten.

Reischl, der sich als „Reischl, Leiter der Mordkommission Rosenheim, aber hier auf Urlaub", vorgestellt hatte, reagierte als erfahrener Kriminalbeamter und empfahl seinen Kollegen aus Amrum: „Sie müssten das hier schnell abriegeln. Sie haben doch sicher Flatterband im Auto? Also schnell. Vielleicht gilt es ja noch Spuren zu sichern!"

Reiter flitzte los. Er war beeindruckt. Ein echter Kriminalhauptkommissar!

Hinnerk Petersen wandte sich an die Ärztin: „Was meinen Sie? Natürlicher Tod?"

„Kann sein. Wahrscheinlich ist es so. Aber eigentlich kann nur eine Obduktion Klarheit schaffen." Frau Dr. Dietrich wirkte ziemlich unsicher. Offensichtlich wollte sie sich in Anwesenheit des Hauptkommissars aus Bayern nicht festlegen.

Maximilian Reischl, der spürte, dass es hier an Professionalität fehlte, schaltete sich ein: „Sie werden entschuldigen, wenn ich mich einmische. Frau Dr. Dietrich, können sie einschätzen, zu welchem Zeitpunkt der Tod eingetreten ist?"

„Ja, ich denke er ist mindestens 10 Stunden tot. Also Todeszeitpunkt letzte Nacht zwischen 23 und 1 Uhr."

Reischl witterte Ungereimtheiten und konnte kaum verhindern, dass er in Ermittlerlaune geriet. Er konnte sich einfach nicht zurückhalten.

„Noch eine Bemerkung von mir: Ich denke wir hatten hier heute Nacht Temperaturen um 10 bis 12°. So wie der Mann gekleidet ist, nur mit einer Sommerhose, einem Polohemd, Badelatschen und ohne Socken wird er sich doch wohl nicht mitten in der Nacht in einen Strandkorb setzen und eines natürlichen Todes sterben. Wenn sie mich fragen: Hier stimmt was nicht."

Inzwischen hatte Ingo Reiter den Strandkorb, in dem immer noch die Leiche lag, großräumig mit Trassierband abgesperrt und die Neugierigen gebeten, weiter zurückzutreten.

Hinnerk Petersen war trotz seiner reichen Erfahrung als Polizist etwas irritiert. Eigentlich könnte doch Frau Dr. Dietrich eine natürliche Todesursache bestätigen und alles würde seinen normalen Verlauf nehmen, wie bisher immer in ähnlichen Fällen. Warum sollte man hier ohne Not einen „Fall" konstruieren. Sein Interesse daran war durchaus überschaubar.

Allerdings gab es da ein kleines Problem, das er im ersten Moment nicht bedacht hatte. Der Tote war in einem Alter, in dem man nicht einfach so im Strandkorb eines natürlichen Todes starb. Er machte vielmehr einen sportlichen Eindruck und schien außerordentlich fit. Hinnerk schätzte ihn auf Mitte 40. Leider hatte er keinerlei Papiere bei sich. Weder Portemonnaie noch Brieftasche. Nicht einmal eine Kurkarte, anhand derer man hätte feststellen können, wer Gastgeber des Toten auf Amrum war. Ein Einheimischer konnte er kaum sein, denn dann wäre er ihnen ja wohl bekannt gewesen. Es blieb also nur ein Weg: Der Tote musste erkennungsdienstlich behandelt werden.

Hinzu kam, dass der Einwand des Hauptkommissars aus Rosenheim wohl berechtigt war. Hinnerk gestand sich ein, dass er auch selbst darauf hätte kommen müssen. Eigentlich fand er den Bayern sehr sympathisch. Der hatte sich keineswegs als Besserwisser aufgespielt und sich sehr zurückgehalten. Vielleicht würde es ja noch eine Gelegenheit geben, bei der man sich etwas ausführlicher unterhalten und Erfahrungen austauschen könnte. Dieser Maximilian Reischl war offensichtlich sehr routiniert, da könnte ein solcher Erfahrungsaustausch doch nur nützlich sein.

Die Polizeistation Amrum war weder befugt noch verfügte sie über die geeignete Ausstattung, Fälle wie den hier vorliegenden eigenständig zu behandeln. Die Beamten waren angehalten, von derartigen Vorkommnissen unverzüglich die vorgesetzte Dienststelle in Niebüll zu informieren.

***

10

Malte Krug, Kriminalhauptkommissar und Leiter der Kripo Niebüll, galt bei der Polizei in Niebüll als ausgesprochen erfolgreich. Er war als einer der jüngsten Hauptkommissare der Kriminalpolizei in Schleswig-Holstein in seiner bisherigen Laufbahn immer durch besondere Leistungen aufgefallen und hatte alle Ausbildungsschritte in der kürzest möglichen Zeit durchlaufen. Nicht wenige seiner Kollegen, die ihn während der Ausbildung und in den ersten Dienstjahren in verschiedenen Polizeirevieren erlebt hatten, bezeichneten ihn als „Streber", was aus der Sicht der Ausbilder und Vorgesetzten, die natürlich von diesen bissigen Kommentaren gehört hatten, überhaupt nicht zu verstehen war. Was sprach denn schon dagegen, wenn man seinen Beruf ernst nahm und sich bemühte, schnell Karriere zu machen?

Auch die Station in Niebüll empfand Malte Krug nur als Intermezzo, quasi als Sprungbrett für den nächsten Aufstieg. Alles andere als schnellstmöglich beim LKA Kiel in eine leitende Position berufen zu werden, hätte er als Misserfolg verstanden. Mit seiner schneidigen und zielstrebigen Art hatte er sich längst Respekt bei seinen Vorgesetzten verschafft. Bei Kollegen und Mitarbeiten war sein Verhalten allerdings nicht so gut angekommen, er wurde eher als rücksichtslos und dienstgeil empfunden. Diese Einschätzung seiner Mitarbeiter war Malte Krug natürlich nicht verborgen geblieben. Aber das Urteil machte ihm nichts aus. Sollten sie nur reden, er verfolgte konsequent seine Ziele und das bisher durchaus erfolgreich.

Sein Assistent Henning Brock gehörte nicht zu seinen Kritikern. Henning hatte sich durch seine bedingungslose Loyalität gegenüber Malte Krug gewissermaßen einen Sonderstatus erarbeitet. Sein Chef konnte sich zu 100 % auf ihn verlassen. Es gab keine Widersprüche die Entscheidungen Krugs betreffend, allerdings vorsorglich auch keine eigenen Ideen. So harmonierten die beiden bei allen Einsätzen vortrefflich.

Nachdem Malte Krug von dem Vorgang auf Amrum Kenntnis erlangt hatte, veranlasste er sofort den Einsatz der SpuSi. Man konnte ja nie wissen. Möglicherweise waren ja am Strand von Norddorf noch irgendwelche Spuren sicherzustellen. Der Hinweis, dass ein Kriminalhauptkommissar aus Bayern sich während seines Urlaubs vor Ort bemüht hatte, nährte in ihm die Hoffnung, dass mit aller Sorgfalt vorgegangen worden war. Das war von den „Dorfpolizisten", wie er seine Kollegen auf Amrum nannte, schließlich nicht unbedingt zu erwarten.

Es dauerte nicht lange, da gaben sich die Herren aus Niebüll mit den Beamten der Spurensicherung am Strand von Norddorf ein Stelldichein. Frau Dr. Dietrich hatte sich bereits verabschiedet, nicht ohne ihren schriftlichen Bericht anzukündigen, der spätestens am nächsten Morgen bei Hinnerk Petersen vorliegen sollte. Hinnerk und sein Assistent hatten die „Stellung gehalten" und auf die Ankunft von Malte Krug gewartet.

Malte Krug trat wie gewohnt schneidig auf, seinen Assistenten Henning Brock im Schlepptau.

„Moin Petersen, was gibt es? Wer hat die Leiche gefunden?"

Petersen klärte ihn auf: „Ein Kollege aus Bayern, Kriminalhauptkommissar Reischl, der hier Urlaub macht."

„Und wo steckt der?" Es hörte sich so an, als wollte Malte Krug den Kollegen zum Rapport bestellen.

Fiete Martens, von dem die Reischls ihren Strandkorb gemietet hatten, war natürlich nicht entgangen, was sich am Morgen unterhalb der Strandhalle ereignet hatte. Mit einem Blick war ihm klar geworden, dass offensichtlich einer seiner Strandkörbe eine Art „Hauptrolle" spielte. Deshalb war er gleich zur Stelle und bot dem Ehepaar Reischl einen Ersatzkorb ganz in der Nähe an, denn der Korb, in dem die Leiche gefunden wurde, kam ja aus naheliegenden Gründen für eine Nutzung vorübergehend nicht mehr in Betracht. Theresa Reischl, die sich inzwischen am Strand von Norddorf gewissermaßen heimisch fühlte, nutzte die Gelegenheit und fragte Fiete Martens:

„Es wäre schön, wenn wir einen Strandkorb in der Nähe des Wassers bekommen könnten. Ist das möglich?"

Dieser Wunsch beruhte auf zwei Gründen. Erstens wollte Resi wirklich lieber näher ans Wasser, weil sie mittlerweile gerne in die Brandung stieg und das Nordseewasser nach ihrem Empfinden gar nicht mehr so kalt war, wie sie zunächst gedacht hatte. Andererseits befürchtete sie, die Nähe zu dem abgesperrten Areal würde ihren Mann vielleicht dazu animieren, sich in die Arbeit der Polizei einzumischen und mit Rat und Tat helfen zu wollen. Das wollte sie vermeiden, schließlich waren sie im Urlaub.

Fiete Martens beschied den Wunsch Resi Reischls positiv.

„Selbstverständlich, Sie können den Korb mit der Nummer 93 nutzen. Der ist gestern freigeworden. Er steht ca. 50 m links neben dem DLRG-Wagen."

„Vielen Dank, sehr freundlich!" Resi konnte gar nicht schnell genug ihre Badeutensilien ergreifen, um dann ihren Mann umgehend zum neuen Strandkorb zu lotsen.

Aus diesem Umzug der Reischls ergab sich nach Ankunft von Malte Krug für Hinnerk Petersen ein kleines Problem. Er hatte nämlich nicht darauf geachtet, wo der wichtigste Zeuge geblieben war.

„Also, was ist jetzt? Wo ist der Kollege aus Bayern? Sie können doch einen so wichtigen Zeugen nicht aus den Augen lassen. Haben sie seine Kontaktdaten?"

Die hatte Hinnerk leider nicht. In all der Aufregung hatte er nicht bemerkt, dass Maximilian Reischl und seine Frau inzwischen einen anderen Standort am Strand gewählt hatten.

Hinnerk ärgerte sich über die Art und Weise, wie Malte Krug ihn hier oberlehrerhaft zurechtwies. Aber eigentlich ärgerte er sich noch mehr über sich selbst, weil er sich wirklich wie ein Anfänger verhalten hatte. Das wollte er sofort ausbügeln und schickte deshalb seinen Assistenten Ingo Reiter auf die Suche nach dem Hauptkommissar aus Rosenheim.

„Schnell, wir brauchen ihn unbedingt für seine Zeugenaussage!" Ingo Reiter flitzte los und suchte den Strand ab. Inzwischen waren fast alle Strandkörbe besetzt, wodurch die Suche unerfreulich zeitaufwändig wurde.

Maximilian Reischl hatte es sich inzwischen mit Resi im Strandkorb 93 bequem gemacht und sich in die neueste Ausgabe des „Inselboten" vertieft. Was wohl am nächsten Tag über den Toten im Strandkorb darin zu lesen sein würde? Reischl hatte sich schon gewundert, dass die Presse nicht sofort am Fundort aufgetaucht war. In Rosenheim hatte er in vergleichbaren Fällen die Presse sofort am Hals. Offensichtlich gingen hier die Uhren anders. Dabei wurde doch im nichtbayrischen Teil Deutschlands eher Bayern mit dieser wenig freundlichen Bemerkung bedacht. Für polizeiliche Ermittlungen war eine zu aufdringliche Presse jedenfalls immer ein Ärgernis.

Während Reischl noch über die Unterschiede zwischen Nordfriesland und Oberbayern sinnierte, stand plötzlich Ingo Reiter ziemlich außer Atem vor ihrem Strandkorb und bat ihn, unverzüglich mitzukommen.

„Kommen Sie bitte schnell, der Hauptkommissar Krug aus Niebüll will Sie sprechen!"

Reischl hatte natürlich damit gerechnet. Er hatte sich ohnehin gewundert, dass man ihn so einfach gehen ließ ohne ein Protokoll anzufertigen. Für den Fall, dass der Tote nicht eines natürlichen Todes gestorben war, musste der Finder der Leiche selbstverständlich befragt werden. Das war in Nordfriesland sicher nicht anders als in Bayern.

Reischl zog Polohemd und Jeans über seine Badekleidung und folgte dem Assistenten.

„Moin, ich bin Hauptkommissar Krug aus Niebüll", wurde er begrüßt. „Wie ich erfahren habe, sind wir Kollegen. Wie kommen Sie dazu, sich vom Fundort der Leiche zu entfernen? Sie sollten doch wohl wissen, dass das nicht erlaubt ist!"

Reischl war von der forschen Art des Herrn Krug etwas überrascht. Deshalb reagierte er ebenso kühl:

„Ja, mei, ich bin hier im Urlaub und mache nicht Ihren Job. Wenn Ihre Kollegen ohne mich zurechtkommen, dränge ich mich nicht auf. Schon gar nicht kritisiere ich ihre Vorgehensweise. Wenn sie ohne ihren wichtigsten Zeugen auskommen, ist das ihre Sache. Übrigens bin ich hier allenfalls Zeuge und nicht Angeklagter. Also bemühen Sie sich gefälligst um entsprechende Umgangsformen."

Auch wenn er als Bayer eine rustikale Ausdrucksweise gewohnt war, die Ansprache des Hauptkommissars aus Niebüll ging Reischl doch etwas zu weit. Mit seiner Antwort waren die Fronten jedenfalls zunächst geklärt. Es sah nicht danach aus, als könnten sich die beiden Hauptkommissare in irgendeiner Weise näherkommen.

„Was wollen Sie von mir wissen?", setzte Reischl nach.

„Erzählen Sie uns alles. Kennen Sie den Toten? In welcher Situation haben Sie ihn wann gefunden? Haben Sie hier am Fundort irgendetwas verändert? Sie wissen ja wohl, was wichtig ist."

Hauptkommissar Krug war über die Zurechtweisung durch den Bayern angesäuert und bemühte sich jetzt um einen strengen dienstlichen, aber korrekten Ton. Maximilian Reischl hatte das Gefühl, sein Kollege fühle sich jetzt nicht mehr ganz so sicher in seiner Rolle. Jedenfalls wirkte er im weiteren Verlauf des Gesprächs längst nicht mehr so souverän wie bei seiner Vorstellung.

Reischl amüsierte sich ein wenig über dieses „Rollenspiel" und gab wahrheitsgemäß Auskunft.

„Ich habe Ihrem Kollegen Petersen bereits erläutert, dass ich den Mann noch nie gesehen habe. Er saß in unserem Strandkorb und fiel zur Seite als ich ihn berührte. Da er kein Lebenszeichen mehr von sich gab, habe ich Ihre Kollegen hier auf der Insel angerufen. Mehr ist dazu nicht zu sagen."

An Hinnerk Petersen gerichtet fragte Krug jetzt: „Was hat Frau Dr. Dietrich festgestellt?"

Petersen antwortete wahrheitsgemäß: „Sie hat den Tod bestätigt, aber keine Anzeichen für eine unnatürliche Todesursache festgestellt."

Krug: „Na und? Warum wurden wir dann gerufen? Das scheint ja wohl etwas übertrieben!"

Petersen fühlte sich durch die Anwesenheit Reischls, den er von Anfang an sehr sympathisch fand, ziemlich sicher und entgegnete:

„Es gab ja deutliche Zweifel an der von Frau Dr. Dietrich vermuteten natürlichen Todesursache. Der Todeszeitpunkt wurde auf 23 – 1 Uhr nachts geschätzt, und der Tote saß nur mit einem Polohemd bekleidet im Strandkorb. Das ist doch wohl verdächtig."

Hinnerk Petersen gedachte mit der von Reischl geäußerten Vermutung bei seinem Chef zu punkten. Tatsächlich zeigte sich Krug beeindruckt.

„Sehr gut, sehr gut! Es kommt ja leider sehr oft vor, dass eine vorschriftsmäßige Leichenschau unterbleibt und der jeweilige Arzt eine natürliche Todesursache im Totenschein vermerkt. Oft bleiben Morde unentdeckt, weil die Leiche nicht einmal entkleidet wird und deshalb Folgen von Gewalt unerkannt bleiben. Das wird uns nicht passieren. Die Leiche kommt in die Gerichtsmedizin nach Kiel."

Reischl nickte zustimmend. Hinnerk Petersen konnte kaum verbergen, wie ihm dieses Lob schmeichelte.

***

11

Malte Krug hatte seine Entscheidung in Kenntnis des § 159 der Strafprozessordnung (StPo) getroffen, der eindeutig formuliert ist:

§ 159 Anzeigepflicht bei Leichenfund und Verdacht auf unnatürlichen Tod

> *(1) Sind Anhaltspunkte dafür vorhanden, dass jemand eines nicht natürlichen Todes gestorben ist, oder wird der Leichnam eines Unbekannten gefunden, so sind die Polizei- und Gemeindebehörden zur sofortigen Anzeige an die Staatsanwaltschaft oder an das Amtsgericht verpflichtet.*

Die Leiche wurde also in das Institut für Rechtsmedizin in Kiel überführt, wo die Identität der Leiche, Todesursache, Todeszeitpunkt etc. festgestellt werden sollten. Das Ergebnis würde wohl wegen des zeitaufwändigen Transports mit der Fähre erst am nächsten Tag in den Nachmittagsstunden vorliegen.

Natürlich versäumte Malte Krug nicht, unverzüglich die Bezirkskriminalinspektion Flensburg und die Flensburger Staatsanwaltschaft zu informieren, die sich sicher einschalten würden, wenn bei der

Obduktion tatsächlich ein Kapitalverbrechen festgestellt werden sollte.

Die Spurensicherung bemühte sich vor Ort nach Kräften, aber die Fingerabdrücke am Strandkorb waren nicht verwertbar. Und im Sand nach Spuren zu suchen war ohnehin sinnlos. Man hätte sich den „Ausflug" nach Amrum durchaus sparen können - das war die Meinung der Beamten von der SpuSi -, aber wenn der Einsatz von Hauptkommissar Malte Krug angefordert wurde, war es besser, der Anordnung ohne Einwände schnellstens zu folgen. Mit Malte Krug war nicht zu spaßen, das war hinlänglich bekannt.

Am späten Nachmittag wurde der Ort des Geschehens am Strand von Norddorf durch die örtliche Polizei geräumt. Abgesehen von einigen Gästen, die in Gruppen heftig über die Vorkommnisse diskutierten und wilde Spekulationen über den beobachteten Polizeieinsatz und den anschließenden Abtransport einer Leiche anstellten, gab es schon nach kurzer Zeit keinerlei Anzeichen mehr auf einen „Kriminalfall" am Strand von Norddorf. Die Normalität war zurück.

Die SpuSi und die Herren von der Kripo Niebüll hatten die letzte Fähre zurück zum Festland genommen. Malte Krug war der Meinung, dass er am heutigen Tag in Norddorf nichts mehr ausrichten konnte. Er gedachte zunächst die Ergebnisse der Gerichtsmedizin und der KTU abzuwarten, um dann die weiteren Maßnahmen zu ergreifen. Natürlich schloss er nicht aus, bei entsprechenden Ergebnissen am nächsten Tag auf die Insel zurückzukehren, um etwaige Ermittlungen zu leiten.

Am Nachmittag des nächsten Tages hatte er Gewissheit. Der Untersuchungsbericht enthielt Neuigkeiten, durch die der Leichenfund am Kniepsand von Amrum zu einem interessanten Kriminalfall geworden war. Hauptkommissar Malte Krug würde alle seine Fähigkeiten und Erfahrungen in die sicher nicht einfachen Ermittlungsarbeiten einbringen müssen.

Er machte sich noch am selben Tag zusammen mit seinem Assistenten auf den Weg nach Amrum, wo er unverzüglich das Polizeirevier in Nebel aufsuchte. Hinnerk Petersen war gerade im Begriff, seinen verdienten Feierabend anzutreten, als er den Dienstwagen von Hauptkommissar Krug vorfahren sah.

„Moin, Petersen. Jetzt ist es klar, es war kein natürlicher Tod!" Malte Krug kam gleich zur Sache.

„Also Mord?" wollte Hinnerk Petersen wissen.

„Das ist nicht sicher. Der Tote wurde mit einem stumpfen Gegenstand am Kopf getroffen. Ein Schlag auf den Kopf hat genau die Stelle getroffen, wo eine Arterie unter dem Schädelknochen entlang läuft. Sie war durch den Knochenbruch gerissen. Das Blut spritzte mit hohem Druck, der in den Arterien herrscht, in den Schädelraum. Es ist nicht sicher, wie lange das Opfer nach dem Schlag noch gelebt hat. Demzufolge kommen auch Totschlag oder Körperverletzung mit Todesfolge in Betracht."

„Konnte die Leiche identifiziert werden?"

Hinnerk konnte sich eigentlich nicht vorstellen, dass ein Gast auf der Insel erschlagen wurde. Und wie sollte das geschehen sein? Am Fundort der Leiche hatte man nichts gefunden, was als Tatwerkzeug geeignet gewesen wäre.

Hauptkommissar Krug führte weiter aus:

"Die Überraschung kommt noch: Der Tote ist für die Polizei kein Unbekannter. Er ist häufiger Kunde unserer Kollegen in Hamburg. Es handelt sich um einen gewissen Boris Kolev, einen Bulgaren aus Hamburg, der sich im Drogengeschäft tummelt und eine dicke Nummer auf dem Kiez ist. Er scheint einer der Bosse einer Organisation zu sein, die für Nachschub mit jungen Frauen und Mädchen aus dem Osten für die Bordelle in ganz Norddeutschland sorgt. Er wurde allerdings noch nie verurteilt, weil man ihm bisher nichts nachweisen konnte."

Hinnerk staunte: „Wie und aus welchem Grund kommen solche Leute nach Amrum?"

„Weiß der Himmel, was er hier vorhatte. Amrum ist ja nun wirklich kein interessanter Ort für Geschäfte, wie er sie betrieben hat."

Malte Krug machte einen ziemlich ratlosen Eindruck. Wo sollte er auch mit den Ermittlungen beginnen? Jedenfalls hatte er die Kollegen in Hamburg gebeten, sich in Kolevs Umfeld umzusehen und zu überprüfen, ob es dort irgendwelche Anhaltspunkte geben würde.

„Petersen, wir müssen hier auf Amrum herausfinden, wo er sich aufgehalten hat, wo er wohnte und welchen Grund es für seinen Aufenthalt gegeben hat. Ich kann mir einfach nicht vorstellen, dass er hier nur Urlaub gemacht hat."

„Und wie wollen Sie vorgehen?" Hinnerk war gespannt, wie der Hauptkommissar auf Amrum ermitteln würde. Zu so später Stunde war ohne konkrete Anhaltspunkte eigentlich nicht viel zu machen.

„Ganz einfach, wir werden morgen früh feststellen, wo der Tote gewohnt hat. Das wird ja wohl über das Büro der ‚AmrumTouristik' möglich sein. Wenn nicht, werden wir die Hotels abklappern."

Malte Krug wünschte noch einen guten Abend und dann machte er sich mit seinem Assistenten Henning Brock auf den Weg in ihr Hotel. Krugs Sekretärin hatte zwei Zimmer im „Hotel Seeblick" in Norddorf bestellt, in dem er immer wohnte, wenn er auf der Insel übernachten musste.

Das „Hotel Seeblick" bevorzugte er, weil man dort außerordentlich gut essen konnte seit der Junior nach einer exzellenten Ausbildung bei verschiedenen Sterneköchen das Zepter in der Küche übernommen hatte. Auch sonst hatte sich nach dem Generationswechsel sehr vieles zum Positiven im „Hotel Seeblick" gewandelt.

Die junge Dame am Empfang begrüßte die Herren freundlich:

„Moin, Herr Hauptkommissar, Sie haben wieder einmal hier auf der Insel zu tun?"

Malte Krug fand diese Frage reichlich naiv. So wie er Amrum kannte, hatte sich die Geschichte mit dem Leichenfund sicher längst herumgesprochen.

Schließlich waren seitdem fast 36 Stunden vergangen. Auch wenn den Nordfriesen allgemein keine besondere Hektik nachgesagt werden konnte, eine solche Nachricht verbreitete sich auch auf Amrum in Windeseile.

„Wie kommen Sie darauf?", fragte er und versuchte sich ebenso naiv zu geben.

„Naja", antwortete die junge Dame, „man hört ja so einiges".

„Und was hört man so?"

Eigentlich war dem Hauptkommissar die Antwort ziemlich egal, er hatte die Erfahrung gemacht, dass es besser war, Gerüchte zu ignorieren und sich an Fakten zu halten. Und die waren bisher überschaubar.

„Ermitteln Sie wegen der Leiche am Strand?" Eigentlich rechnete sie nicht mit einer Antwort, sie wusste sehr wohl, dass von der Polizei kaum etwas zu erfahren war solange irgendwelche Ermittlungen liefen. Bei Hinnerk Petersen, dem Leiter der Polizeistation in Nebel, war das natürlich etwas anderes. Hinnerk, der hin- und wieder an der Bar im „Seeblick" sein Feierabendbier trank, war deutlich mitteilsamer und berichtete auch mal aus dem

Nähkästchen. Allerdings waren die Geschichten, die er zu erzählen hatte, meistens nicht besonders spannend. Es passierte ja kaum etwas auf der Insel. Da war das mit der Leiche am Strand schon eine andere Sache.

Malte Krug ging auf ihre Frage überhaupt nicht ein, vielmehr bemühte er sich um einen strengen, dienstlichen Blick und stellte ihr die Frage: „Hat in den letzten Tagen bei Ihnen ein gewisser Boris Kolev aus Hamburg eingecheckt?"

„Moment, bitte." Sie ging an den Computer und sah die aktuelle Meldeliste durch. „Nein, die Person war nicht bei uns im Hotel."

„Vielen Dank, dann bitte ich um die Zimmerschlüssel." Die Herren verschwanden im Aufzug und ließen sich erst gegen 20:00 Uhr im Restaurant wieder blicken.

***

12

Der Tag verlief für das Ehepaar Reischl ohne besondere Vorkommnisse. Als sie auf dem Weg zu ihrem Strandkorb an Strandkorbvermieter Fiete Martens verbeikamen, verließ Fiete seinen Strandkorb, in dem er tagsüber seine Geschäfte tätigte, und ging auf Maximilian Reischl zu.

„Moin! Was war denn da gestern los? Sie haben sich lange mit dem Hauptkommissar unterhalten, haben Sie etwas gesehen?"

Fiete Marten nahm für sich in Anspruch, dass er sich die ganze Saison über an einem strategisch idealen Ort aufhielt und demzufolge als einer der bestinformierten Norddorfer zu gelten hatte. Dass er von dem gestrigen Vorfall so wenig mitbekommen hatte, wurmte ihn. Er musste unbedingt mehr erfahren. Die Strandkorbnachbarn von Reischls hatten ihm berichtet, dass es sich bei Reischl um einen Kriminalhauptkommissar aus Bayern handeln würde. Und der hatte ja die Leiche entdeckt und sich auch lange mit den ermittelnden Beamten aus Niebüll unterhalten. Da musste doch etwas zu erfahren sein.

„Entschuldigung, ich weiß nichts. Und außerdem bin ich hier im Urlaub!" Reischl dachte gar nicht daran, irgendetwas zu erzählen und damit vielleicht Gerüchte anzuheizen.

Fiete gab sich gezwungenermaßen damit zufrieden und wünschte einen guten Tag.

Mittags suchten Reischls die Strandhalle auf, wo sie sich eine leckere Krabbensuppe gönnten. Inzwischen vermisste Resi angesichts der nordfriesischen Delikatessen kaum noch die gewohnte bayrische Küche.

Nach einer ausgiebigen Strandwanderung bis nach Nebel – kaum zu fassen, wie groß dieser Kniepsand war – kehrten sie am späten Nachmittag in ihr Quartier zurück. Resi war ziemlich kaputt. Der lange Marsch am Strand entlang hatte sie doch sehr angestrengt. So war es nicht verwunderlich, dass sie auf den Vorschlag von Maximilian, am Abend zum Essen in die „Seekiste" nach Nebel zu fahren, ablehnend reagierte:

„Bitte nicht, ich bin müde und außerdem haben wir noch genügend Essen im Kühlschrank. Lass uns morgen essen gehen."

Einen weiteren Grund für ihre Ablehnung verschwieg sie zunächst. Später rückte sie damit heraus:

„Liebling, hast du etwas dagegen, wenn wir uns heute Abend einen Film im ZDF ansehen? Es gibt Rosamunde Pilcher." Jetzt war die Katze aus dem Sack.

Diese Ankündigung versetzte Maximilian Reischl in eine Art Schockzustand. Daheim in Rosenheim suchte er regelmäßig das Weite, wenn er sich in dieser Weise bedroht fühlte. Meistens rettete er sich in seine Stammkneipe und kehrte erst zurück, wenn die „Schnulzenzeit" zuverlässig vorüber war.

Auch hier in Norddorf sah er jetzt eine Chance zur Flucht. „Dann wirst du sicher nichts dagegen haben, wenn ich eine Whiskybar aufsuche, die mir wärmstens empfohlen wurde."

„Und wo ist diese Bar?"

„Kurz vor Wittdün, aber keine Sorge, ich nehme ein Taxi." Reischl hatte im Internet recherchiert und in Erfahrung gebracht, dass man nachts von der „Blauen Maus" für nur drei Euro mit dem Mietwagen ins Hotel gebracht wird.

„Gut, dann kann ich hier in Ruhe den Film sehen und früh ins Bett gehen."

***

13

Reischl bestellte sich für 20:15 Uhr ein Taxi – er wollte vor seiner Fahrt nach Wittdün noch die Tagesschau sehen – und ging davon aus, dass auch später am Abend die „Blaue Maus" wohl noch ein lohnendes Ziel sein würde.

Seine Erwartungen wurden nicht enttäuscht. Als er die Bar betrat, war sie gut besucht aber keineswegs überfüllt. Das sah zu vorgerückter Stunde, so gegen 23:00 Uhr, ganz anders aus. Da gab es nämlich keinen freien Platz mehr in der angesagten Bar.

Was Reischl überhaupt nicht erwartet hatte: Auf einem Barhocker saß Hinnerk Petersen, der sich gerade intensiv mit dem Wirt Lars van Norden unterhielt. Der hatte den Betrieb bereits 1970 von seinen Eltern übernommen und dafür gesorgt, dass die „Blaue Maus" eine unverzichtbare Institution auf der Insel geworden war. Damals war der offizielle Name „Zum Leuchtturm", da das Haus von

Wittdün aus gesehen das letzte Gebäude vor dem Leuchtturm war. Inoffiziell war es aber schon immer die „Blaue Maus".

Als Hinnerk Petersen den Kollegen aus Rosenheim erblickte, stand er auf, ging auf Reischl und zu und begrüßte ihn freundlich:

„Das ist ja mal eine Überraschung, Sie hier? Wollen Sie sich zu mir setzen?" Hinnerk war natürlich sehr erfreut, dass sich hier wohl die Gelegenheit ergeben würde, mit dem Hauptkommissar einmal privat ein Gespräch zu führen oder, wie man es hier nannte, ausführlich zu schnacken.

Maximilian Reischl nahm die Einladung gerne an. So hatte er Gesellschaft und vielleicht würde er auch etwas mehr über den Stand der Ermittlungen erfahren. So ganz konnte er nämlich sein Interesse an den Vorkommnissen am Strand nicht unterdrücken, auch wenn er hier seinen Urlaub verbrachte.

„Darf ich Sie auf einen Whisky einladen? Haben Sie einen besonderen Wunsch?" Hinnerk wollte die Gelegenheit nutzen, dem Kollegen etwas näher zu kommen.

„Vielen Dank, aber das muss doch nicht sein." Nach einer kurzen Pause: „Ich bevorzuge Laphroaig, einen Islay Single Malt."

„Oh, den mag ich auch. Lars, bitte zwei Laphroaig auf meine Rechnung."

„Vielen Dank, sehr freundlich", bedankte sich Maximilian Reischl und stellte für sich fest, dass dieser Hinnerk Petersen eigentlich ein ganz netter Kerl war.

„Da nich' für", war die Antwort von Hinnerk. Maximilian hatte nicht so recht verstanden, wollte aber nicht extra nachfragen.

Inzwischen hatte der Wirt die beiden Gläser Whisky vor ihnen auf die Theke gestellt.

„Zum Wohl", begann Hinnerk und hielt sein Glas in die Höhe und Maximilian entgegen. „Schön, dass wir uns hier getroffen haben."

Das fand Maximilian auch und prostete ihm zu. Nach einem kräftigen Schluck und lobenden Worten, die Qualität des edlen Tropfens betreffend, meinte er: „ Als Kollegen sollten wir eigentlich „Du" sagen, oder?"

„Einverstanden", kam von Hinnerk, der sich über diesen Vorschlag sehr freute. Damit kam er doch seinem Ziel, von dem erfahrenen Kollegen ein paar

Tipps für die tägliche Polizeiarbeit zu bekommen, viel näher.

„Ich bin Hinnerk." Dabei nahm er sein Glas in die Hand.

„Maximilian." Reischl hoffte natürlich, dass Hinnerk über den aktuellen Fall berichten würde. Er war sich allerdings nicht sicher, ob die Herren aus Niebüll die Mitarbeiter der „nachgeordneten Polizeidienststelle" auf Amrum auch umfassend informieren würden. Aber er wollte es wissen.

„Sag mal Hinnerk, wie weit seid ihr mit den Ermittlungen, wisst ihr inzwischen um wen es sich bei dem Toten handelt?"

Hinnerk zögerte einen Augenblick, er war unsicher, ob er dem Kollegen aus Bayern Details der Ermittlungsarbeit der Kripo mitteilen durfte. Aber er vertraute Maximilian und sah letztlich keinen Grund, mit den bisher erlangten Kenntnissen hinter dem Berg zu halten.

„Wir wissen inzwischen, dass es sich um einen polizeibekannten Herrn aus dem Rotlichtviertel in Hamburg handelt, der in Sachen Prostitution und Drogenhandel unterwegs war. Die Kollegen aus Hamburg konnten ihm aber in der Vergangenheit nichts nachweisen. Es gibt eine dicke Akte über ihn, aber er ist nicht vorbestraft. Offensichtich ein besonders cleverer Vertreter seiner Zunft!"

Reischl war über Hinnerks Auskunftsfreudigkeit hoch erfreut, und bestellte jetzt auf seine Rechnung noch einen Whisky. Dann setzte er nach: „Und was gedenkt ihr jetzt zu tun?"

„Hauptkommissar Malte Krug, der die Ermittlungen leitet, will zunächst wissen, wo sich der Tote hier auf Amrum aufgehalten hat. Dazu wird morgen die ‚AmrumTouristik' in Norddorf befragt und wenn das zu keinem Ergebnis führt, werden die Hotels zunächst in Norddorf und später auf der ganzen Insel überprüft."

Hinnerk machte bei dieser Erklärung nicht den Eindruck, als würde er sich von dieser von seinem Vorgesetzten angeordneten Vorgehensweise viel versprechen.

„Habe ich dich richtig verstanden? Der Tote wird dem Rotlichtniveau Hamburgs zugeordnet? Wenn das stimmt, habe ich eine Vermutung: Sich mit einem Ferrari auf der Insel sehen zu lassen, ist ja ziemlich ungewöhnlich. Auch wenn ich inzwischen erfahren habe, dass ein bekannter Wirt aus Norddorf – offensichtlich ein wenig verhaltensgestört –

auch mit einem solchen Gerät hier herumfährt, ist diese Marke hier auf der Insel nicht allzu häufig anzutreffen, meines Wissens aber bei den Bossen der Drogen- und Rotlichtszene durchaus sehr beliebt. Ich habe vor ein paar Tagen ein solches Exemplar in Norddorf gesehen. Ein roter Ferrari 458 Italia stand auf dem Parkplatz vom ‚Gasthaus zum Pharisäer' hier in Norddorf."

Hinnerk fand diese Information hoch interessant. „Woher kennst du die Typenbezeichnung, bist du ein Ferrari-Fan?"

Maximilian Reischl erinnerte sich sogleich an seinen letzten Urlaub in Italien und berichtete:

„Ja, sicher. Ich bin normalerweise zweimal im Jahr in Italien. Natürlich war ich mit meiner Frau auch schon in Maranello und habe mit ihr das Ferrari-Museum besichtigt. Das ist ein Traum für jeden Autofreak. Aber der Höhepunkt: 1998 habe ich das erste Mal ein Formel-1-Rennen live erlebt. In Monza, beim Großen Preis von Italien, landete Michael Schumacher mit seinem Teamkollegen Eddie Irvine einen Doppelsieg für Ferrari. Es war der erste Doppelsieg für Ferrari in Monza seit dem Todesjahr von Enzo Ferrari 1988. Du kannst dir nicht vorstellen, was da los war. Die Ferraristi feierten überschwänglich. Italien stand Kopf."

Hinnerk staunte. Bei dem größten Sportereignis, das er bisher erlebt hatte, handelte es sich um die „Kieler Woche", aber das war ja schließlich auch etwas. Früher war er auch hin und wieder nach Hamburg gefahren und hatte als Fan den HSV bei seinen Heimspielen unterstützt. Aber das wollte er gegenüber seinem neuen Bekannten aus Bayern, der ja wahrscheinlich Fan der Münchner Bayern war, lieber nicht erwähnen. Auf Äußerungen, die angesichts der aktuellen Situation beim HSV wohl mehr oder weniger durch Mitleid geprägt sein würden, konnte er gut verzichten.

Aber hier ging es ja um etwas anderes. Deshalb kam er auf den Ferrari zurück, den Maximilian vor dem „Gasthaus zum Pharisäer" gesehen hatte.

„Und du meinst, der Ferrari, den du gesehen hast, könnte etwas mit dem Toten zu tun haben?" Hinnerk witterte die Chance auf einen Informationsvorsprung gegenüber seinem ungeliebten Chef aus Niebüll.

„Naja, sicher bin ich nicht, aber nach allem, was ich hier gehört habe, würde ich als erstes überprüfen, wem der Ferrari gehört - wenn er denn noch da ist."

Maximilian wollte sich nicht einmischen, aber Hinnerk wenigstens einen Tipp geben.

„Ich denke, das werde ich tun."

Hinnerk dachte schon an den nächsten Morgen. Um 8:00 Uhr waren die Herren aus Niebüll mit den Beamten aus Nebel zu einer Lagebesprechung verabredet, bei der die weitere Vorgehensweise abgestimmt werden sollte. Da würde Hinnerk die Dinge in seinem Sinne schon beeinflussen. Das nahm er sich fest vor.

Die beiden Kollegen, die sich so gut verstanden, beschlossen einen weiteren Whisky zu bestellen und tauschten im Verlauf des Abends berufliche Erfahrungen aus, auch private Themen kamen dabei zur Sprache. So kam es, dass der Hauptkommissar aus Rosenheim und der Leiter der Polizeistation Nebel immer mehr voneinander erfuhren und merkten, dass sie sich eigentlich sehr sympathisch waren. Wieder einmal ein Beweis für das Sprichwort, wonach sich Gegensätze anziehen.

Gegen 1 Uhr kam vom Wirt der Hinweis, dass man so langsam an das Ende dieses netten Abends denken müsse. Vor der Tür warte der Mietwagen, der die letzten Gäste zu einem vom Wirt gesponserten Preis nach Hause fahren würde. Hinnerk bestand darauf, die Zeche allein zu übernehmen und lehnte den deswegen von Maximilian vorgebrachten Protest mit den Worten ab: „Du bist heute mein Gast, ich freue mich, dich kennengelernt zu haben."

Maximilian akzeptierte, nicht ohne darauf zu bestehen, dass es eine Wiederholung geben müsse. Und zwar noch während seines Urlaubs hier auf Amrum, also innerhalb der nächsten Woche. Hinnerk akzeptierte und meinte, dass sich das wohl machen ließe.

Dann brachen Sie auf.

***

14

Um 8:30 Uhr öffnete das Büro der „AmrumTouristik" in Norddorf. Malte Krug stand mit seinem Assistenten Henning Brock pünktlich vor der Tür und wartete auf den Oberkommissar Hinnerk Petersen, der zusammen mit Polizeimeister Ingo Reiter und zwei weiteren Saisonkräften, die auf Amrum in den Sommermonaten die örtliche Polizei unterstützten, auch zu diesem Termin gebeten worden war.

Malte Krug hatte die Absicht, heute mit aller Konsequenz herauszufinden, was es mit diesem Boris Kolev auf sich hatte. Er sah sich veranlasst, das gesamte verfügbare Personal aufzubieten, um möglichst schnell zu erfahren, was den Aufenthalt dieser illustren Person hier auf der Insel begründet hatte. Hinnerk und seine Mannschaft hatte er hierher beordert, weil er nicht wirklich davon überzeugt war, von den Mitarbeitern der „AmrumTouristik" viel zu erfahren. Schließlich wusste er genau, dass die Herbergsbetriebe ihre Meldungen über Neuankünfte und deren zu zahlende Kurabgabe erst am 10. des jeweiligen Folgemonats abzugeben hatten. Da war es sehr wahrscheinlich, dass über Boris Kolev im Büro der „AmrumTouristik" noch nichts bekannt war. Malte Krug wollte nichts dem Zufall überlassen und war darauf vorbereitet, dass man alle Vermieter in Norddorf würde befragen müssen. Deshalb auch dieser Personalaufwand.

Die Mitarbeiter der Polizeistation Nebel, die um 8:00 Uhr startbereit waren, erkannten sehr bald, dass ein pünktliches und vollständiges Erscheinen in Norddorf unmöglich war. Es fehlte nämlich Hinnerk Petersen, ihr Chef. Eigentlich war Hinnerk die Zuverlässigkeit in Person. Niemand konnte sich hier erinnern, dass er irgendwann einmal einen Termin verpasst hatte.

„Wo bleibt denn der Chef?" Ingo Reiter wurde ungeduldig, weil er wusste, wie ungemütlich der Hauptkommissar Krug werden konnte, wenn man seine Anweisungen oder gar Terminvorgaben ignorierte. „Es muss etwas passiert sein", stellte Reiter fest.

Er hatte Recht. Es war etwas passiert. Hinnerk hatte den Abend, den er zusammen mit Maximilian Reischl in der „Blauen Maus" verbracht hatte, sehr genossen und sich wahnsinnig darüber gefreut, einen so netten Kollegen aus Bayern kennengelernt zu haben. Die Gespräche waren interessant, sehr ergiebig und für ihn auch lehrreich. Wann hatte man schon einmal die Gelegenheit, sich mit einem so erfahrenen Hauptkommissar auszutauschen. Leider wurde im Laufe des Abends auch der eine oder andere Whisky getrunken. Vielleicht auch der eine oder andere zu viel.

Während Maximilian Reischl – seine Resi schlief schon fest, als er in die Pension zurückkehrte – ausschlafen konnte und mit nur geringen Nachwirkungen zu kämpfen hatte, ging es Hinnerk am nächsten Morgen gar nicht gut. Erstens hatte er am Abend vorher versäumt, den Wecker zu stellen. Warum auch? Er wachte immer gegen 6:30 Uhr auf und war demzufolge nach einem ausgiebigen Frühstück regelmäßig gegen 8:00 Uhr auf dem Revier.

Heute nicht.

Der etwas aus dem Ruder geratene Genuss von Whisky hatte ihm einen tiefen Schlaf und nach dem Wachwerden - durch einen penetranten Telefonanruf ausgelöst - eine beklagenswerte Übelkeit eingebracht. Am anderen Ende der Leitung hörte er die Stimme seines Mitarbeiters: "Hallo Chef, wo bleiben Sie? Sie haben einen wichtigen Termin. Sie werden dringend erwartet."

Er sprang aus dem Bett, wobei er feststellte, dass sich neben der Übelkeit auch Kopfschmerzen eingestellt hatten, die seine „Dienstfähigkeit" aus seiner Sicht wohl nachhaltig beeinflussen würden. Aber es half ja nichts. Die Pflicht rief.

Ohne Frühstück und gewissermaßen angeschlagen traf Hinnerk bei seinen Kollegen ein. Gemeinsam machte man sich auf zur „AmrumTouristik" in Norddorf, wo Malte Krug die Mannschaft aus Nebel erwartete.

„Na toll, die Mörder laufen auf der Insel frei herum und die Dorfpolizei pennt vor sich hin", giftete er zynisch. „Bin ich hier nur von Amateuren umgeben?"

Malte Krug war sauer, aber nicht nur wegen der Verspätung von Hinnerk Petersen. Er hatte inzwischen auch erfahren, dass es über den Gesuchten in der „AmrumTouristik" keinerlei Erkenntnisse gab. Das bedeutete, dass jetzt eine mühsame Suche nach der Nadel im Heuhaufen beginnen würde. Schließlich gab es auf Amrum über 250 Beherbergungsbetriebe, dazu 650 Ferienwohnungen und private Vermieter. Da war es Glücksache, auf die richtige Spur zu treffen. Der Tote konnte überdies auch Tagesgast gewesen sein, was die Erfolgschancen gegen Null tendieren ließe.

Hinnerk, der sich inzwischen auf dem Weg der Besserung befand – der starke Kaffee, der ihm vor der Abfahrt im Revier noch eingeflößt worden war, tat in Begleitung einer Aspirin seine Wirkung – wies darauf hin, dass die Leiche ja in Norddorf gefunden wurde und man deshalb zunächst die Suche auch auf Norddorf beschränken könne, und da gäbe es ja deutlich weniger in Frage kommende Adressen.

„Sehr schlau", kommentierte Malte Krug diesen Vorschlag etwas höhnisch, „und wo fangen wir an?"

„Ich denke, es würde Sinn machen, wenn wir uns den Ort aufteilen, Sie fragen bei den Hotels und

Pensionen westlich der Luanstruat, also der Hauptstraße, und ich kontrolliere mit meinem Team den östlichen Teil Richtung Wattenmeer."

Mit einem Blick auf den Plan von Norddorf stellte Malte Krug fest, dass ihm bei diesem Vorschlag der kleinere Teil des Ortes zukam, was ihm logisch erschien, weil er ja mit nur einem Assistenten im Vergleich zu Petersens Team deutlich unterbesetzt war.

„Gut, machen wir das so. Heute Mittag treffen wir uns hier im Büro der ‚AmrumTouristik' und besprechen die Ergebnisse."

Der Whiskykonsum des Vorabends hatte das Denkvermögen Hinnerks nicht nachhaltig geschädigt, deshalb wusste er genau, warum er diesen Vorschlag unterbreitet hatte. Das fragliche „Gasthaus zum Pharisäer", auf dessen Parkplatz Maximilian Reischl den Ferrari gesichtet hatte, befand sich nämlich zufällig im östlichen Ortsteil, woraus sich Hinnerk einen gewissen Vorteil versprach. Nur zu gerne hätte er nämlich Malte Krug demonstriert, wie man bei einer solchen Fahndung auch ohne die Unterstützung aus Niebüll Erfolg haben konnte. Ob ihm das gelingen würde, sollte sich bald zeigen.

***

15

Malte Krug und Henning Brock nahmen sich wie beschlossen die Hotels und Pensionen vor, die in ihrem „strandseitigen" Bereich lagen.

Das „Hotel Seeblick" konnten sie sich sparen. Da hatte Malte Krug ja am gestrigen Abend bereits vergeblich nach Boris Kolev gefragt. Blieben noch das Hotel-Restaurant „Neptun", das Hotel „Meeresbrise" und „Mein Inselhotel".

Das „Neptun", das in unmittelbarer Nachbarschaft zum „Seeblick" lag, kam aus der Sicht Krugs eigentlich nicht in Betracht. Seit Jahren machte dieser Laden einen eher heruntergewirtschafteten Eindruck und war wohl kaum geeignet, für einen anspruchsvollen Vertreter der Unterwelt als angemessenes Quartier zu gelten. Aber im vorliegenden Fall wusste man ja nicht, in welcher Angelegenheit Boris Kolev unterwegs war und ob eine derartige Absteige nicht auch vielleicht als Tarnung hilfreich sein sollte. Man musste einfach davon ausgehen, dass der Grund für Kolevs Aufenthalt auf der Insel sich jenseits der Legalität befand.

Die Vermutung Krugs bestätigte sich, an den Gesuchten konnte sich niemand erinnern. Die Dame am Empfang, die offensichtlich zugleich als Raumpflegerin tätig war, war sich absolut sicher, dass der Herr auf dem Bild, das Malte Krug ihr unter die Nase gehalten hatte, nicht zu den Gästen des Hotels gehörte.

Ähnlich erging es Malte Krug und Henning Brock in den beiden noch verbliebenen Hotels. Keines davon machte den Eindruck, als würde Boris Kolev in Erwägung gezogen haben, dort abzusteigen. Entsprechend negativ waren die Auskünfte die sie erhielten. Das einzig auffällige war, dass „Mein Inselhotel", das früher unter dem Namen „Graf Luckner" sehr bekannt war, sich offensichtlich auf Gäste aus der Schweiz spezialisiert hatte. Aber das war für den vorliegenden Fall ja eher unbedeutend.

Die Stimmung von Malte Krug war mies. Das was er befürchtet hatte, drohte einzutreten. Wenn Hinnerk Petersen in den von ihm zu kontrollierenden Häusern auch keinen Hinweis finden würde, müssten alle Herbergsbetriebe, also auch die Vermieter von Privatzimmern, befragt werden. Vor dem damit verbundenen Aufwand graute Malte Krug, deshalb überlegte er schon, wen er aus der Mannschaft in Niebüll wohl zur Verstärkung nach Amrum beordern könnte. Aber noch war es ja nicht soweit, es gab noch die kleine Hoffnung, dass Petersen mit einem Ergebnis aufwartete. Aber diese Dorfpolizisten....? Er war skeptisch.

Hinnerk Petersen war sich sicher: Wenn es eine Spur von Boris Kolev in Norddorf geben sollte, würde er sie finden. Er wollte Malte Krug unbedingt zuvorkommen.

Sicher war das „Romantik Hotel Hüttmann" das repräsentativste Haus am Platz und für einen wie Kolev wohl am ehesten angemessen. Aber Hinnerk vertraute auf die Beobachtungsgabe von Maximilian Reischl und gedachte zunächst dem „Gasthaus zum Pharisäer" einen Besuch abzustatten.

Die beiden Beamten, die ihm als Verstärkung in der Saison zugeordnet waren, bekamen den Auftrag das Hotel „Pidder Lyng" zu überprüfen und anschließend das „Hotel Wellkimmen", das inzwischen unter dem Namen „Letj briis" auf Gästefang ging, unter die Lupe zu nehmen. Alle Herren waren mit einem Foto ausgerüstet, das Malte Krug von der Kripo Hamburg erhalten hatte und auf dem Boris Kolev eindeutig zu erkennen war.

Als Hinnerk Petersen und Ingo Reiter beim „Gasthaus zum Pharisäer" vorfuhren, staunten sie nicht schlecht. Auf dem Parkplatz stand tatsächlich, wie von Maximilian Reischl berichtet, der rote Ferrari mit Hamburger Kennzeichen. Als sie das Haus betraten, kam ihnen Silke Hansen, die Chefin, im Foyer entgegen.

„Hallo, die Polizei bei uns? Was ist passiert?"

Hinnerk Petersen, der im Haus bestens bekannt war, weil er sich ja mit Nils Hansen regelmäßig zum Skat traf, musste jetzt wohl oder übel dienstlich werden.

„Moin Silke, hast du eben für ein paar Fragen Zeit?" Die Miene, die Hinnerk dabei aufsetzte, verhieß nichts Gutes.

„Eigentlich nicht, ich wollte gerade nach Wittdün und unsere Obst- und Gemüselieferung abholen."

Ihr Mann legte großen Wert darauf, in der Küche stets frische Ware verarbeiten zu können. Zu diesem Zweck ließen sie sich täglich Ware vom Großmarkt in Hamburg liefern. Die Kisten mit Obst und Gemüse wurden in Dagebüll angeliefert und mussten in Wüttdün am Fähranleger abgeholt werden.

„Vielleicht kann Nils ja deine Fragen beantworten, er ist im Lokal." Damit verschwand Silke Richtung Parkplatz, bevor Hinnerk Einspruch erheben konnte. Silke war eine ziemlich resolute Frau, die ihren Mann beim Betrieb des Hotels nach Kräften unterstützte. Während Nils hauptsächlich für die Küche verantwortlich war, kümmerte sich Silke um das Hotel, die Buchhaltung und die Personalangelegenheiten. Abends, wenn im Hotel die Arbeit erledigt war, stand sie hinter der Theke, kümmerte sich um die Gäste und hatte ein Auge auf das Servicepersonal. Die Gäste schätzten sie wegen ihrer freundlichen und zuvorkommenden Art. Mit dem Personal dagegen hatte sie ihre liebe Müh. Immer wieder musste sie den Service unterstützen, weil der Ober, den sie am Beginn der Saison eingestellt hatten, es einfach nicht packte. Er verwechselte Bestellungen, vergaß Sonderwünsche und war häufig Anlass für Reklamationen. Und dann ließ er sich immer wieder auf lange Unterhaltungen mit Gästen ein, was in einem solchen Betrieb einfach nicht zu akzeptieren war. Wenn es möglich gewesen wäre, hätte sie diesem Kerl längst gekündigt. Aber wo sollte sie mitten in der Saison Ersatz herbekommen? In dieser Zeit dachten sie und ihr Mann häufig wehmütig an Wiebke Jansen zurück, der sie nach dem Brand kündigen mussten. An eine Rückkehr von Wiebke war nicht zu denken, denn es war ihnen bekannt, dass sie inzwischen eine gut bezahlte Stelle in Hamburg gefunden hatte.

Nils Hansen saß an einem Tisch im Restaurant und bereitete gerade die Speisekarte für den heutigen

Tag vor, als Hinnerk Petersen und Ingo Reiter eintraten.

„Moin Hinnerk, Moin Ingo, ihr wisst schon, dass wir noch nicht geöffnet haben?"

„Moin Nils. Na klar wissen wir das. Wir sind aber heute dienstlich hier und müssen dir ein paar Fragen stellen."

Hinnerk hoffte von seinem Skatfreund zu erfahren, ob der Ferrari vor der Tür tatsächlich dem Toten gehörte.

„Na denn mal los. Setzt euch! Wollt ihr etwas trinken?"

Hinnerk nahm das Getränkeangebot gerne an und bat um einen starken Kaffee. Irgendwie hatte er den letzten Abend noch nicht ganz überwunden. Ingo Reiter verzichtete.

Nils Hansen gab sich unaufgeregt, so als hätte er von den Vorgängen, die der Grund für seine Befragung waren, nichts mitbekommen. Dabei war ihm natürlich zu Ohren gekommen, dass man am Strand eine Leiche gefunden hatte. Eigentlich hatte er die Polizei sogar schon früher erwartet.

Der auffällige Sportwagen vor der Tür war ja wohl nicht verborgen geblieben.

„Weißt du, wem der Ferrari auf dem Parkplatz gehört?", begann Hinnerk, nachdem er einen kräftigen Schluck Kaffee genommen hatte.

„Ja, sicher. Der gehört einem unserer Gäste. Er ist aber hier auf der Insel bisher nicht damit gefahren. Warum? Gibt es eine Anzeige?" Nils gab sich ahnungslos.

„Darf ich eure Meldeliste einsehen?" Hinnerk ahnte schon, dass er hier einen Treffer landen würde, aber er wollte sich genau über die Daten der Gäste informieren.

„Selbstverständlich, kleinen Moment bitte." Nils stand auf und holte von der Rezeption das Buch, in das alle Gäste eingetragen wurden und den Karteikasten, in dem sich die Meldungen für die „Amrum-Touristik" befanden.

„Wen suchst du denn?" Nils machte immer noch einen gelassenen Eindruck. Entweder hatte er wirklich nicht begriffen, um was es hier ging oder er war ein exzellenter Schauspieler.

„Lass mich mal sehen", antwortete Hinnerk und zog den Karteikasten zu sich herüber. Unter dem Buchstaben **K** fand er den Meldebogen von Boris Kolev.

„Kannst du uns sagen, wo sich dieser Boris Kolev zu Zeit aufhält?" Hinnerk wollte wissen, ob Nils wirklich keine Ahnung hatte, wer der Tote am Strand war. Deshalb stellte er ihn mit dieser Frage auf die Probe.

„Ich sehe mal eben nach, ob der Zimmerschlüssel da ist, Moment bitte." Nils verschwand und kehrte umgehend mit der Information zurück: „Der Schlüssel ist da, der Gast muss unterwegs sein."

„Wie lange war denn der Herr Kolev nicht mehr hier im Hotel?"

Nils wirkte jetzt eine Idee unsicherer als zu Beginn des Gesprächs. „Das ist mir nicht bekannt, aber meine Frau müsste es wissen. Die wird sicher bald zurück sein."

„Nein, Nils, darauf warten wir nicht. Aber ich kann dir sagen, dass der Gast seit mindestens drei Nächten nicht mehr hier war. Er liegt nämlich in Kiel in der Gerichtsmedizin und konnte gar nicht mehr hier im Hotel erscheinen. Willst du uns erzählen, dass ihr das Verschwinden von Herrn Kolev nicht bemerkt habt? Das klingt doch wohl nicht wirklich glaubwürdig."

Nils, dem bei diesen Ausführungen etwas Farbe aus dem Gesicht gewichen war, präsentierte folgende Erklärung:

„Es ist überhaupt nicht ungewöhnlich, dass Gäste mal über Nacht wegbleiben. In der Urlaubsstimmung macht man ja leicht mal eine Bekanntschaft. Da kommt es schnell zu einem „One-Night-Stand". Wir sind da keine Moralapostel. Auch in unserem Hotel kommt das vor. Wir tolerieren das."

„Das ist mir neu, dass man nach einem „One-Night-Stand" 3 Nächte wegbleibt. Habt ihr euch keinerlei Gedanken wegen des Verschwindens von Boris Kolev gemacht? Spätestens als die Spatzen die Geschichte von dem Leichenfund von den Dächern pfiffen, hättet ihr doch Verdacht schöpfen müssen!" Hinnerk wunderte sich über Nils. War er wirklich so naiv oder hatte er etwas zu verbergen?

Nils erklärte, in der Hektik des Tagesgeschäfts, mit der dünnen Personaldecke bei ausgebuchtem Haus, hätten sie wirklich nichts bemerkt und sich auch keine Gedanken gemacht. Schon gar nicht hätten sie es für möglich gehalten, dass der Tote Gast ihres Hauses gewesen sei.

Hinnerk stand auf. Seiner Mimik war zu entnehmen, dass er die Erklärung von Nils für nicht überzeugend hielt. Deshalb ordnete er an:

„Die Meldekarte von Kolev nehmen wir mit." Und zu Ingo Reiter gewandt: „Sie versiegeln den Ferrari."

Und dann: „So, Nils, jetzt zeig mir bitte das Zimmer von Kolev, das wird nämlich auch versiegelt. Kein Zutritt, bis die Spurensicherung ihre Arbeit gemacht hat."

Hinnerk schaute sich kurz im Zimmer von Boris Kolev um, konnte aber auf den ersten Blick nichts entdecken, was von besonderer Bedeutung hätte sein können. Lediglich Brieftasche und Autoschlüssel, die auf dem Nachttisch lagen, nahm er an sich. Er hütete sich davor, weitere Nachforschungen anzustellen, weil er sich nicht dem Vorwurf aussetzen wollte, irgendwelche Spuren beseitigt zu haben. Deshalb forderte er Nils auf: „Abschließen, den Schlüssel nehme ich an mich." Dann versah er die Tür mit einem Siegel der Polizei und wies Nils Hansen an:

„Nils, du musst dich mit deiner Frau für weitere Befragungen bereithalten. Ihr dürft die Insel nicht verlassen. Du hörst von uns. Danke für den Kaffee."

So dienstlich kühl hatte Nils seinen Skatbruder noch nie erlebt. Aber gut, er machte seinen Job, da musste man wohl sein Verhalten verstehen.

Die Sorgen, die Nils Hansen wegen des verschwundenen Gastes drückten, waren durch den Besuch Hinnerks keineswegs geringer geworden.

***

16

Wie von Hauptkommissar Malte Krug angeordnet, fanden sich alle ermittelnden Beamten gegen 12:00 Uhr im Büro der „AmrumTouristik" in Norddorf ein, um die gewonnenen Erkenntnisse auszuwerten. Man hatte den kleinen Besprechungsraum zur Verfügung gestellt, in dem die sechs Herren Platz nahmen.

Sie bekamen Kaffee und Kaltgetränke serviert und dann ging es los.

Malte Krug bemühte sich nicht, seine schlechte Laune zu verbergen. Er hatte einen Vormittag zu beklagen, an dem er trotz intensiver Befragungen in den betroffenen Hotels keinen Anhaltspunkt für den Aufenthalt von Boris Kolev auf der Insel gefunden hatte. Weder Inhaber noch Personal der ausgewählten Hotels hatten sachdienliche Hinweise geben können. Alle hatten zwar von dem Toten im Strandkorb gehört - auf der Insel verbreiteten sich derlei Nachrichten innerhalb kürzester Zeit -, aber als Gast war der gesuchte Boris Kolev nirgends aufgetaucht.

Dass etwa Petersen mehr Erfolg bei seinen Nachforschungen gehabt haben könnte, schloss Malte Krug von vornherein aus. Ihm traute er nicht die nötige Gründlichkeit zu, die bei einem solchen Fall geboten war. Schließlich konnte man von einem Leiter einer Polizeiaußenstelle auf Amrum auch nicht mehr erwarten. Wer sonst Verkehrsdelikte zu registrieren und Kleinkriminelle zu verfolgen hatte, konnte nach seiner Einschätzung einfach nicht über die Fähigkeit verfügen, in einem Fall wie dem vorliegenden erfolgreiche Fahndungsarbeit zu leisten. Das war jedenfalls seine Überzeugung. Dass seine vorgesetzte Dienststelle das anders sah, und die örtliche Polizei immer wieder in die Ermittlungsarbeit einbezog, ging ihm gewaltig auf den Senkel. Seine Mitarbeiter wussten das.

Wie schon zu Beginn der Aktion befürchtet, sah jetzt Malte Krug den mühseligen Weg vor sich, alle Vermieter auf der Insel zu befragen. Als letzte Möglichkeit blieb noch die Variante, dass Kolev wirklich nur für einen Tag auf der Insel gewesen war und überhaupt kein Zimmer gebucht hatte. Dann wäre es allerdings hoffnungslos, weiter nach einer Spur auf der Insel zu suchen.

Malte Krug, der bisher noch immer in der Lage gewesen war, schwierige Fälle zu lösen, sah sich mit einer Situation konfrontiert, die ihn zornig machte: Keine einzige Spur und die gesicherte Erkenntnis, dass der Tote im Strandkorb mit fremder Hilfe den Weg ins Jenseits gefunden hatte. Das war ihm in seiner bisherigen Laufbahn noch nicht passiert.

Auch wenn er sich nichts davon versprach, wollte er von Hinnerk wissen:

„Und? Was haben Sie herausgefunden?"

Diese Frage hatte er nur der Ordnung halber gestellt. Die Antwort glaubte er zu kennen. Umso mehr überraschte ihn die Antwort von Hinnerk:

„Wir haben das Hotel gefunden, in dem Boris Kolev gewohnt hat und haben auch seinen Wagen – einen roten Ferrari – sichergestellt. Nachdem wir den Inhaber befragt hatten, wurde das Zimmer durch uns versiegelt. Wir müssen jetzt nur noch die SpuSi benachrichtigen. Vielleicht gibt es verwertbare Spuren!"

Als er diese Nachricht hörte, wurde Malte Krug erst blass, rang nach Worten und lief anschließend rot an. Dann platzte es aus ihm mit übertriebener Lautstärke heraus – selbst am Empfang konnte man ihn hören:

„Sind Sie wahnsinnig? Was fällt Ihnen ein? Sie hätten mich sofort informieren müssen! Bilden Sie sich ein, Ermittlungen auf eigene Faust durchführen zu können? Das wird ein Nachspiel haben!" Er konnte und wollte sich nicht beruhigen.

Hinnerk schilderte, was sie im „Gasthaus zum Pharisäer" erfahren hatten. Er schloss mit der Bemerkung, dass nach seiner Einschätzung die Betreiber des Hotels, also Silke und Nils Hansen, nichts mit dem bedauerlichen Ableben des Herrn Kolev zu tun haben könnten. Erstens kenne er beide sehr gut und zweitens hätten er und Ingo Reiter im Hotel und im Zimmer, das Kolev bewohnt hatte, keinerlei Auffälligkeiten oder gar Spuren entdeckt. Lediglich die Tatsache, dass das Verschwinden des Gastes nicht bemerkt worden war, sei etwas eigentümlich, aber immerhin hätte Nils Hansen dafür ja eine plausible Erklärung gehabt.

Malte Krug schnappte erneut nach Luft:

„Wie naiv kann man denn sein, um mit einer solchen Erklärung zufrieden zu sein? Da muss doch etwas faul sein. Wenn ein Gast mehrere Nächte nacheinander nicht im Hotel erscheint, klingeln doch die Alarmglocken. Das werden wir nochmals überprüfen."

Nach einer kleinen Pause, er hatte sich etwas beruhigt:

„Na, immerhin haben Sie das Zimmer versiegelt." Und zu seinem Assistenten Henning Brock gewandt: „Brock, lassen Sie die SpuSi nach Norddorf kommen, aber auf dem schnellsten Weg!"

„Auf dem schnellsten Weg" war so eine Redensart, die auf der Insel eine andere Bedeutung hatte als auf dem Festland. Der schnellste Weg wäre ein Transport mit dem Helikopter gewesen, aber das kam nur bei Gefahr im Verzug und entsprechend gebotener Eile in Betracht. In diesem Fall - von „Gefahr im Verzug" konnte ja nicht die Rede sein - hatten die Herren der Spurensicherung die Aussicht, eine geruhsame Überfahrt mit einer der Fähren der Wyker Dampfschiffs-Reederei zu genießen.

Hauptkommissar Malte Krug musste sich also in Geduld üben und einsehen, dass er hier nicht mit dem gewohnten Tempo die Ermittlungen vorantreiben konnte. Er beschloss deshalb, sich eine ausgiebige Mittagspause zu gönnen und erklärte den anwesenden Herren, er ginge jetzt zum nahen „Fischbäcker", wo er beabsichtige, sich Bismarckhering in Hausfrauensauce mit Bratkartoffeln zu bestellen.

Wie die übrigen Herren ihre Mittagspause zu gestalten gedachten, interessierte ihn offensichtlich nicht, denn er stand auf und verschwand grußlos. Lediglich Henning Brock rannte dienstbeflissen hinter ihm her.

Hinnerk schüttelte den Kopf und bemerkte: „Er hätte ja wenigstens sagen können, wie es weitergehen soll."

***

17

Am Nachmittag frischte der Wind auf und es sah so aus, als würde die Wetterprognose, die Maximilian Reischl während des Frühstücks gehört hatte, zutreffen. Seit sie auf der Insel waren, hörten Reischls im Radio häufig die NDR-Welle Nord. Hier brachten sie meistens Musik, die man noch so nennen konnte und es gab nicht alle paar Minuten Werbeunterbrechungen. Der für den NDR seit Jahren tätige „Wetterfrosch" Meeno Schrader hatte für den Nachmittag die Ankunft eines Sturmtiefs angekündigt, das dicke Regenwolken vom Atlantik nach Schleswig-Holstein und auch den nordfriesischen Inseln reichlich Regen bringen sollte. Das war für Maximilian Anlass genug, seiner Resi folgenden Vorschlag zu machen:

„Resi, wenn das Wetter heute nicht so toll werden soll, könnten wir doch am Vormittag um die Odde wandern und am Nachmittag nach Nebel fahren. Wir sollten uns unbedingt den dortigen Friedhof anschauen. Das wird ja auch bei weniger gutem Wetter möglich sein."

„Auf Friedhöfe habe ich keine Lust", war die prompte Antwort. Dabei hatten sie im Vorfeld ihrer Reise auch den Friedhof von Nebel in ihr Besichtigungsprogramm aufgenommen. Von ihren Freunden hatten sie nämlich erfahren, dass die alten Grabsteine über die Welt der Amrumer Walfänger und Kapitäne und ihrer Familien vor 300 Jahren und über Lebenswandel und Schicksale der Inselbewohner im 17./18. Jahrhundert berichten. Der Besuch sollte sich wirklich lohnen. Und jetzt wollte Resi plötzlich keine Lust mehr dazu haben? Maximilian startete noch einen Versuch:

„Wir könnten doch hinterher das ‚Friesen – Café' in Nebel besuchen und ein Stück Friesentorte oder einen leckeren Pharisäer probieren."

Das hörte sich für Resi schon deutlich reizvoller an, und so wurde der Vorschlag von Maximilian umgesetzt.

Gleich nach dem Frühstück machten sie sich auf den Weg. Erst ging es auf der Seite des Wattenmeeres Richtung Norden, immer an der Wasserlinie entlang. Über den Dünen, die wegen des ausgewiesenen Vogelschutzgebiets nicht betreten werden durften, sahen sie riesige Mengen von verschiedensten Vögeln kreisen. Ein eindrucksvolles Schauspiel. Nachdem sie die Nordspitze erreicht hatten, ging es auf der Seeseite am Strand entlang Richtung Süden nach Norddorf zurück. Oft blieben sie stehen und bestaunten die immer höher werdenden Wellen und die dunklen Wolken am Horizont. Meeno Schrader hatte bei seinem morgendlichen Wetterbericht offensichtlich nicht übertrieben. Hin- und wieder blitzte die Sonne durch die wenigen Wolkenlücken und strahlte den Leuchtturm von Hörnum an, den man von hier aus sehr gut sehen konnte.

Der Marsch um die Odde hatte es in sich. Resi war zwar durch Bergwanderungen, die sie im nahen

Hochries, dem Rosenheimer Hausberg, am Wochenende häufig unternahmen, körperlich fit, aber im Sand zu laufen gestaltete sich anstrengender als zunächst angenommen. Jedenfalls bei einer so langen Strecke. Es mussten immerhin ca. 10 km auf teilweise schwierigem Untergrund zurückgelegt werden. Entsprechend erschöpft sank Resi auf ihr Bett, als sie nach der Wanderung wieder ihre Pension erreicht hatten. Trotzdem war Resi genauso begeistert wie ihr Mann. Die anstrengende Wanderung um den nördlichen Teil der Insel war wirklich ein Erlebnis, das sie nicht missen wollten. Maximilian sah diese Wanderung am Vormittag als angenehme Abwechslung an, ihn beanspruchten dank seiner regelmäßigen sportlichen Aktivitäten im Polizeisportverein Rosenheim derlei körperliche Herausforderungen nicht wirklich. Das war bei Resi schon etwas anderes. Aber auch sie hatte sich nach kurzer Zeit einigermaßen erholt und erinnerte dann ihren Maximilian an den in Aussicht gestellten Ausflug nach Nebel. Allerding reizte sie weniger der angeblich so historisch wertvolle Friedhof als vielmehr die Friesentorte, von der Maximilian am Morgen gesprochen hatte. Sie hatte nach den Strapazen, die sie am Morgen zu überstehen hatte, jetzt schlicht und einfach einen Mordskohldampf.

„Müssen wir unbedingt auf diesen komischen Friedhof? Ich habe Hunger!", quengelte sie.

Da auch Maximilian sich eine gescheite Brotzeit und dazu ein Bier sehr gut vorstellen konnte, lenkte er ein und zeigte sich kompromissbereit:

„Einverstanden, wir gehen erst in das ‚Friesen-Café'. Da wird man ja wohl auch etwas anderes als Kuchen bekommen. Und dann besichtigen wir den Friedhof im Anschluss."

Der Weg durch die Wiesen von Norddorf nach Nebel - am Wattenmeer entlang - kann sehr reizvoll sein und wird von Urlaubern auch gern genutzt. Heute kam er für Resi und Maximilian nicht in Betracht. Sie waren von der morgendlichen Wanderung kaputt und außerdem hatte sich das Wetter weiter verschlechtert. Inzwischen tobte ein heftiger Sturm, der dafür sorgte, dass etwa der Einsatz eines Regenschirms keinen Sinn machte. Die wenigen Menschen, die unterwegs waren, hatten sich in „Friesennerze" oder ähnliche Regenschutzkleidung - vorzugsweise mit Kapuze - gehüllt. Als Resi ins Auto flitzte und dabei bemerkte, wie unangenehm Sturm und Regen waren, hoffte sie im Stillen, dass der Besuch des Friedhofs im wahrsten Sinne des Wortes „ins Wasser fallen" würde. Den Besuch des „Friesen-Cafés" empfand sie dagegen als willkommene Abwechslung.

Sie hatten Glück. Als sie das Café betraten, wurde gerade ein schöner Tisch am Fenster frei, an dem sie es sich gemütlich machten. Resi bestellte ein Kännchen Kaffee, Maximilian einen Pharisäer. Von diesem Getränk hatte er zwar schon viel gehört, es aber bisher noch nicht probiert.

Kuchen musste an der Theke ausgesucht werden, was Resi gewisse Probleme bereitete, zu groß war die Auswahl. Eine Torte sah so lecker aus wie die nächste. Schließlich wählte sie ein Stück Friesentorte, nicht ohne sich von der Verkäuferin aufklären zu lassen, was denn das Besondere an einer „echten Friesentorte" ausmachen würde.

So erfuhr sie, dass diese typische Torten-Spezialität aus Nordfriesland stammt, aber mittlerweile auch in anderen Gegenden Norddeutschlands verbreitet ist. Es handelt sich um eine geschichtete Torte aus Mürbeteig, Blätterteig, Schlagsahne und Pflaumenmus. Auf einem Boden aus Mürbeteig werden abwechselnd zwei bis drei Schichten aus Pflaumenmus, Schlagsahne und Böden aus Blätterteig geschichtet, den Abschluss bildet eine Sahneschicht, auf der dreieckige Blätterteigstücke (eines je Tortenstück) schräg aufgesetzt werden. In einigen Varianten werden auch Nüsse, Alkohol, etc. verwendet.

Theresa Reischl fühlte sich im siebten Kuchenhimmel. Schon nach dem zweiten Bissen nahm sie sich vor, während ihres Urlaubs das Friesen-Café in Nebel noch öfter zu besuchen. Dieser Kuchen war ja ein Traum. Fast hätte sie über ihre Schwärmerei vergessen, Maximilian zu fragen, was es denn mit dem Pharisäer auf sich hätte und wie der wohl schmecken würde.

Über die Gepflogenheiten den Pharisäer betreffend hatte Maximilian vieles von Hinnerk Petersen bei ihrem gemeinsamen Abend in der „Blauen Maus" erfahren. Sein Wissen konnte er jetzt an Resi weitergeben:

Der Pharisäer wird aus starkem Kaffee zubereitet, der mit Würfelzucker gesüßt, mit 4 cl braunem Rum (Jamaika oder Jamaika-Verschnitt 54 %) und anschließend mit aufgetragener Schlagsahne ergänzt wird. 1981 urteilte das Amtsgericht Flensburg, dass 2 cl Rum für einen Pharisäer nicht ausreichend seien.

Der Pharisäer wird üblicherweise nicht gerührt, sondern durch die Sahne getrunken; wer sich nicht daran hält und das Getränk dennoch umrührt, wird zum Ausgeben einer Lokalrunde aufgefordert. Serviert wird häufig in einem besonderen Pharisäer Gedeck, einer hohen becherartigen Tasse mit Untertasse.

Entstanden ist der Pharisäer der Überlieferung nach auf der nordfriesischen Insel Nordstrand, und zwar im 19. Jahrhundert. Zu jener Zeit amtierte dort der besonders asketische Pastor Georg Bleyer. Bei den Friesen war es Brauch, in seiner Gegenwart keinen Alkohol zu trinken. Bei der Taufe des sechsten oder siebenten Kindes des Bauern Peter Johannsen bedienten sie sich einer List und bereiteten das beschriebene Mischgetränk zu. Die Sahnehaube verhinderte dabei, dass der Rum im heißen Kaffee verdunstete und es nach Alkohol roch. Selbstverständlich bekam der Pastor stets einen „normalen" Kaffee mit Sahne.

Bei Entdeckung soll er ausgerufen haben: „Oh, ihr Pharisäer!" Und damit hatte das Nationalgetränk der Nordfriesen nicht nur seine Geschichte, sondern auch seinen Namen.

Nachdem Resi die kalorienreiche Torte verzehrt hatte, hatte Maximilian seinen Pharisäer genossen und meinte, er müsse jetzt wohl auch eine Kleinigkeit essen. Also bestellte er sich eine Krabbensuppe und dazu ein Flensburger Pils. Resi konnte nach der Torte an weiteres Essen nicht denken und bat um einen Schnaps, von dem sie annahm, er könnte eine verdauungsfördernde Wirkung haben. Die Bedienung brachte ihr einen doppelten „Küstennebel".

Dann war Zeit zum Aufbruch und Maximilian machte eine Bemerkung, die bei Resi alles andere als Begeisterung hervorrief.

„Resi, jetzt sind wir schon einmal in Nebel, da würde ich gerne noch bei Hinnerk Petersen vorbeischauen und sehen, wie er hier arbeitet."

Resi ahnte, dass mehr dahinter steckte und reagierte überhaupt nicht erfreut: „Was willst du hier bei der Polizei, es geht doch sicher wieder um den Toten im Strandkorb. Lass die hiesige Polizei ermitteln und halte dich da raus!" Sie war ziemlich angesäuert.

„Resi, darum geht es nicht. Wir haben einen netten Abend miteinander verbracht und ich habe Hinnerk versprochen, dass wir uns wiedersehen. Das hat nichts mit dem ungelösten Fall zu tun. Auch wenn mich natürlich interessiert, wie der Stand der Ermittlungen ist."

Resi konnte nichts ausrichten, Maximilian setzte sein Vorhaben um, fuhr die wenigen Meter bis zur Polizeistation Nebel und hielt auf dem Parkplatz vor dem Revier. Die Besichtigung des Friedhofs musste angesichts der Wetterlage – es stürmte immer noch, der Regen war sogar stärker geworden – auf einen der nächsten Urlaubstage verschoben werden.

„Willst du mit 'reinkommen?" fragte er seine Frau, wohl wissend, dass sie das ablehnen würde.

„Ich denke nicht daran, ich warte hier im Auto." Natürlich hoffte sie dadurch zu erreichen, dass der Aufenthalt Maximilians in der Polizeiwache nicht über Gebühr lange dauern würde.

Was sie nicht erwartet hatte: Nach wenigen Minuten saß er wieder im Auto und erklärte ihr:

„Hinnerk hat wenig Zeit, er erwartet jeden Augenblick den Hauptkommissar, der die Ermittlungen leitet. Offensichtlich gibt es neue Informationen aus Hamburg. Damit er mir mehr erzählen kann, sind wir morgen Abend zum Essen verabredet, zu viert."

„Zu viert? Was soll das heißen?" Was Resi ahnte, gefiel ihr überhaupt nicht.

„Hinnerk bringt seine Frau mit und wir gehen zusammen in die ‚Seekiste', hier in Nebel. Das ist ein sehr gutes Restaurant, das uns unsere Freunde in Rosenheim schon empfohlen haben. Und wir wollten da sowieso einmal essen gehen."

„Das stimmt, aber wir wollten dort sicher kein Gespräch über polizeiliche Ermittlungen führen, und das wird ja wohl nicht ausbleiben." Resi war noch immer nicht begeistert, aber auch nicht abgeneigt, die Frau von Hinnerk Petersen kennenzulernen. Hinnerk, mit dem sie ja bereits am Tag des Leichenfunds am Strand zusammengetroffen war, hatte schließlich einen sehr sympathischen Eindruck auf sie gemacht.

„Also gut, ich bin einverstanden, wenn du mir versprichst, dass nicht den ganzen Abend über die Kripo gequatscht wird."

Maximilian nickte zustimmend, wohl wissend, dass die Befürchtungen seiner Frau durchaus berechtigt waren. Natürlich würde er den Abend nutzen, um Details über den Stand der Ermittlungen zu erfahren. Die Damen konnten sich ja dann anderen Themen widmen.

***

18

Unmittelbar nachdem die Identität des Toten durch die KTU geklärt worden war und Malte Krug den Bericht erhalten hatte, veranlasste er ein Ersuchen um Amtshilfe an die Kripo Hamburg. Malte Krug ging davon aus, dass eigentlich nur jemand aus dem Umfeld von Boris Kolev für dessen gewaltsamen Tod verantwortlich sein konnte. Auch wenn die Tat auf Amrum begangen worden war, Täter und Motiv hier zu suchen hielt er für wenig aussichtsreich. Auch der Grund für Kolevs Aufenthalt auf der Insel war wahrscheinlich leichter in Hamburg als auf der Insel zu finden.

In Hamburg übernahm Hauptkommissar Henry Krohn diesen Fall. Zunächst führte er ein ausführliches Telefonat mit Malte Krug, in dessen Verlauf er über alle bis dahin bekannten Details informiert wurde.

„Na, da haben Sie ja nicht viel", kommentierte er den Bericht Krugs, „keine Spuren, kein Motiv? Aber wenn nachgeholfen wurde, muss es doch irgendwelche Hinweise geben."

Zu diesem Zeitpunkt, wusste Krug ja noch nicht einmal, dass Boris Kolev im „Gasthaus zum Pharisäer" abgestiegen war. Er stand eigentlich mit leeren Händen da und musste das dem Kollegen in Hamburg eingestehen, was ihn mächtig ärgerte. Möglicherweise würde es dann hinterher wieder heißen, die Kollegen „auf dem Land" seien mit den einfachsten Fällen überfordert. Aber leider blieb ihm keine andere Wahl, er brauchte die Hilfe der Hamburger.

Der für diesen Fall zuständige Hauptkommissar Henry Krohn war ein erfahrener Kriminalist, der schon so manches Kapitalverbrechen aufgeklärt hatte, dessen Ursprung auf dem Kiez zu suchen war. Henry Krohn hatte bedauerlicherweise eine etwas zu geringe Körpergröße zu beklagen, wirkte aber trotzdem sehr dynamisch. Man kannte bei der Kripo sein Durchsetzungsvermögen und seinen unbedingten Willen, Dinge die er einmal begonnen hatte, konsequent zu Ende zu bringen. In der Unterwelt war er gefürchtet, weil er Spuren unnachgiebig verfolgte und es ihm meistens gelang, Täter ausfindig zu machen und hinter Gitter zu bringen.

Sein Assistent Finn Henke verehrte ihn und hatte das Gefühl, er könne nirgends mehr lernen als im Windschatten von Henry Krohn. Finn Henke war sich allerdings auch sicher, dass es mit seiner Beförderung schwierig bleiben würde, solange er Assistent von Krohn war. Der hatte nämlich sehr gute Kontakte zur Personalverwaltung und setzte alles daran, Finn Henke in seinem Team zu behalten. Krohn fand es angenehm, einem Mitarbeiter vertrauen und ihm auch komplizierte Aufgaben übertragen zu können. So einen musste man unbedingt halten. Also nichts war es mit der Beförderung, die in diesem Fall auch eine Versetzung nach sich gezogen hätte.

Die Verbrechensrate im Hamburger Rotlichtviertel war in den letzten Jahren rückläufig. Früher gab es regelmäßig schwere Verletzungen durch Glasflaschen, Messerstiche und Schießereien. Natürlich war das eine oder andere Mal auch in einem Mord oder Totschlag zu ermitteln. Inzwischen war es aber vergleichsweise ruhig geworden im berühmtesten Vergnügungsviertel der Welt.

Natürlich gab es immer noch genügend Zwischenfälle, die die Polizei jedes Wochenende beschäftigten. Aber die Dramatik hatte nachgelassen. Es waren nicht mehr ganz so spektakuläre Ereignisse. Die Gewalt war jedoch nach wie vor präsent auf St. Pauli. Immerhin waren an manchen Wochenenden mehr als 100.000 Besucher auf dem Kiez, da blieben Gewalttaten nicht aus.

Der Bericht von Malte Krug überraschte Henry Krohn überhaupt nicht. Dass irgendwann einmal etwas mit Boris Kolev passieren würde, war ihm eigentlich klar. Der Typ machte seine Geschäfte immer so, dass man ihm keine Verstöße gegen das Gesetz nachweisen konnte. Gleichwohl war bekannt, dass Kolev kaum etwas unternahm, was nicht außerhalb der Legalität anzusiedeln war. Das tat er aber immer so geschickt, dass – wenn überhaupt etwas herauskam – seine Geschäftspartner die Dummen waren.

Natürlich hatte er seine Finger im Drogengeschäft. Das Risiko, dabei erwischt zu werden, trugen selbstverständlich seine Partner und Handlanger. Auch in Sachen Prostitution und Menschenhandel hatte er immer eine weiße Weste behalten. Die Geschäfte liefen über Mittelsmänner, bei ihm landeten lediglich die nicht zu knappen Provisionen, die an eine auf einen anderen Namen lautende Briefkastenfirma auf den Kaimaninseln überwiesen wurden.

Wenn sich die Gelegenheit ergab, nahm er auch mal ein Geschäft in der Immobilienbranche mit. Auf diese Weise war er auch an die repräsentative Penthouse-Wohnung gekommen, in die vor kurzem seine derzeitige Lebensgefährtin, Wiebke Jansen, eingezogen war. Der Vorbesitzer, ein wohlhabender hanseatischer Kaufmann, der seine Millionen mit dem Handel von Tee gemacht hatte, sah sich eines Tages genötigt, auf das Kaufangebot von Boris Kolev einzugehen, weil ihm sein Leben lieb war. Alles andere, als den ihm vorgelegten Vertrag mit einem um 60% unter dem Marktpreis liegenden Verkaufspreis zu unterzeichnen, hätte unkalkulierbare Folgen seine Gesundheit betreffend nach sich gezogen. Das war ihm auf eindrucksvolle Art von einem der Gefolgsleute Kolevs vermittelt worden.

Die betreffenden Verträge wurden notariell beurkundet. Alles verlief im Rahmen der Gesetzgebung und der Immobilienbesitz Boris Kolevs hatte einen nennenswerten Wertzuwachs erfahren.

Und dieser Boris Kolev sollte auf der Insel Amrum sein Leben gelassen haben? Das war für Henry Krohn eigentlich nicht vorstellbar. Ausgerechnet auf Amrum?

Boris Kolev lebte aus der Sicht Krohns nicht ungefährdet. Die Zahl seiner Feinde war inzwischen unübersehbar. Die Anzeigen, die gegen ihn bereits erstattet worden waren, füllten ganze Ordner. Von Urkundenfälschung, Betrug, Körperverletzung, Verkehrsgefährdung, Diebstahl bis hin zur Anstiftung zum Mord war so ziemlich alles dabei. Es gab jedoch niemals Beweise oder gar Zeugen, die zu einer Verurteilung geführt hätten. Und wenn es tatsächlich etwas gegeben hatte, das man gegen Kolev im Prozess hätte verwenden können, dann stand es am Tage der Verhandlung nicht mehr zur Verfügung. Beweise waren verschwunden, hin- und wieder sogar aus den Ermittlungsakten, und Zeugen besannen sich regelmäßig rechtzeitig darauf, besser nicht vor Gericht auszusagen, weil sie inzwischen davon überzeugt worden waren, dass diese Zurückhaltung sich positiv auf ihr Befinden auswirken würde.

Eigentlich kam es Krohn gar nicht ungelegen, dass er in die Ermittlungen in Sachen Kolev eingeschaltet wurde. Vielleicht ergab sich jetzt endlich die Möglichkeit, die Geschehnisse, die sich im Laufe der Zeit im Dunstkreis von Boris Kolev ereignet hatten, etwas aufzuhellen. Irgendetwas musste der Kerl ja ausgeheckt haben, das ihm jetzt das Leben gekostet hatte. Krohn rief alle Mitarbeiter seiner Abteilung zusammen, um das weitere Vorgehen zu besprechen.

„Gibt es in jüngster Zeit Neuigkeiten im Zusammenhang mit Boris Kolev?", begann er.

Die Kollegen hatten nichts zu berichten, mit Ausnahme der Sekretärin, die vor der Besprechung im Auftrag Krohns den Computer gecheckt hatte:

„Kolev ist vor ca. zehn Tagen zwischen Schleswig-Schuby und Husum mit seinem Ferrari in der Ortschaft Silberstedt in eine Geschwindigkeitskontrolle geraten und mit 128 km/h geblitzt worden, und das in geschlossener Ortschaft. Das kostet ihn den Führerschein. Die Anzeige ist unterwegs."

Krohn stellte mit einem Anflug von Humor fest: „Das wird ihm nichts ausmachen, den Führerschein kann er sowieso nicht mehr gebrauchen. - Haben wir sonst noch etwas?"

Nein, man hatte nichts mehr. Krohn legte die weiteren Schritte fest:

„Ich werde mit Finn die Lebensgefährtin von Kolev aufsuchen, wie heißt die doch gerade wieder? Ach ja, Wiebke Jansen. Sie arbeitet wohl immer noch im ‚Goldbarren', wo man über einen Besuch der Kriminalpolizei sicher sehr erfreut sein wird."

Und zu seiner Sekretärin: „Sie besorgen mir bitte alle Akten über Kolev aus den letzten Jahren. Ich will wissen, wer mit Kolev noch eine Rechnung offen hat. Vielleicht gibt es einen ‚Geschäftspartner' mit einem handfesten Motiv. Sicher hatte er mehr Feinde als Freunde."

***

19

Als Henry Krohn und Finn Henke den „Goldbarren" betraten, war noch wenig Betrieb. Kein Wunder, es war schließlich noch sehr früh am Tag. Krohn steuerte auf die Theke zu, hinter der eine außerordentlich attraktive Dame damit beschäftigt war, frisch polierte Gläser aufzuräumen. Die Herren waren erfreut, eine so gut aussehende Frau hier anzutreffen. Sie war wirklich sehr hübsch, auch wenn ihr

Outfit mit einem Ausschnitt, der einen großzügigen Blick auf ihren Busen erlaubte, vielleicht eine Idee zu ordinär wirkte. Aber man befand sich ja schließlich auf St. Pauli, wo diese Art sich zu kleiden nicht unüblich war.

Sie begrüßte die Herren freundlich: "Guten Tag, Sie können gern hier an der Bar Platz nehmen. Was kann ich für Sie tun?"

Henry Krohn zeigte ihr seinen Dienstausweis und stellte sich vor: „Hauptkommissar Krohn von der Kripo Hamburg, dies ist mein Kollege Henke. Wir würden gerne Frau Jansen sprechen."

„Das bin ich. Worum geht es?" Wiebke war erstaunt, was hatte sie mit der Kripo zu tun?

„Gibt es hier einen Ort, wo wir ungestört mit Ihnen sprechen können?" Henry Krohn wollte, so wie er es immer tat, mit äußerster Rücksicht vorgehen. Eine Todesnachricht zu überbringen, war für ihn die schwierigste und emotionalste Aufgabe seines Jobs. Er war schließlich schon oft genug Zeuge menschlicher Tragödien geworden.

In diesem Moment kam der Wirt, Paul Bruhns, aus seinem Büro und mischte sich ein.

„Was ist hier los? Was wollen die Herren? Wiebke, brauchst du Hilfe?"

Wiebke war froh, dass sie Unterstützung bekam und antwortete: „Die Herren sind von der Kripo und wollen mich sprechen."

Paul Bruhns, der sich auf dem Kiez wie kaum ein anderer auskannte und auch über Boris Kolev Bescheid wusste, hatte sofort den Verdacht, dass es sich um den Lebensgefährten von Wiebke handeln würde. Was sollte Wiebke denn schon angestellt haben? Zu Henry Krohn sagte er:

„Sie können mein Büro benutzen. Wenn Sie ungestört reden wollen, geht das dort besser als hier an der Bar."

Und zu Wiebke: "Wenn du möchtest, dass ich dabei bin, sag mir Bescheid."

Dass fand Hauptkommissar Krohn nun gar nicht so passend, deshalb wies er den Wirt zurecht: „Wir entscheiden noch immer selbst, mit wem wir wann sprechen und wer dabei ist. Danke für Ihr Büro, aber wir möchten Frau Jansen allein sprechen."

Paul Bruhns hielt das für ziemlich unverschämt und murrte nur: „Von mir aus."

Nachdem das geklärt war, begann das Gespräch im Büro von Paul Bruhns. Henry Krohn formulierte mit aller Vorsicht: „Frau Jansen, in welchem Verhältnis stehen Sie zu Boris Kolev?"

Die Frage irritierte Wiebke. Was sollte das? Er war seit einer guten Woche nicht zu Hause gewesen und hatte in den letzten Tagen auch nicht mehr angerufen. Sie ging aber davon aus, dass trotzdem alles seine Ordnung haben würde, denn bei Boris kam es schon einmal vor, dass er tagelang nicht erreichbar war und das hinterher mit wichtigen, aber stets erfolgreichen Geschäften begründete. Deshalb hatte sie sich auch diesmal keine großen Gedanken über sein Fernbleiben gemacht.

„Ich verstehe nicht, Herr Hauptkommissar, weshalb fragen Sie danach?" Wiebke hatte natürlich keine Ahnung, was dieses Gespräch sollte.

„Frau Jansen", begann Krohn seine Erklärung, „sie müssen jetzt sehr gefasst sein. Es ist etwas Furchtbares passiert."

Wiebke wurde blass.

„Ihr Lebensgefährte wurde am Strand von Amrum tot aufgefunden."

Wiebke schluchzte, verbarg ihr Gesicht in ihren Händen und stammelte. „Nein, nein, das kann nicht sein, Sie müssen sich irren. Ich glaube das nicht." Es sah nicht so aus, als würde sie sich in absehbarer Zeit beruhigen. Immer wieder schluchzte sie laut auf und stammelte: „Das kann nicht sein."

Nach einiger Zeit, Wiebke schaute den Hauptkommissar mit verheulten Augen ungläubig an, versuchte es Krohn mit dieser Frage:

„Frau Jansen, es tut uns sehr leid. Herzliches Beileid. Es wäre wichtig, dass Sie uns ein paar Fragen beantworten. Trauen Sie sich das zu?"

Aus dem Schluchzen heraus war ein „Ja" zu vernehmen.

„Frau Jansen, Sie haben seit einiger Zeit mit Boris Kolev zusammengelebt. Haben Sie irgendetwas Ungewöhnliches bemerkt? Hat es Anzeichen dafür gegeben, dass sich Herr Kolev in Gefahr befand? Ist er bedroht worden?" Krohn hoffte darauf, dass ihr etwas im Umfeld von Kolev aufgefallen war. Doch sie schüttelte nur den Kopf.

„Hat er erzählt, warum er nach Amrum gefahren ist?"

Wiebke schüttelte den Kopf: „Nein, ich wusste nicht einmal, dass er nach Amrum wollte."

Krohn sah ein, dass es keinen Sinn machen würde, die arme Frau mit weiteren Fragen zu konfrontieren. Außerdem war er sich sicher, dass Wiebke Jansen kaum zur Aufklärung des unnatürlichen Todes ihres Lebensgefährten würde beitragen können. Sie hatte wahrscheinlich auch keine Ahnung vom Lebenswandel ihres Freundes.

Vielleicht würden sich Hinweise im Zusammenhang mit früheren Vorgängen ergeben. Das hoffte er jedenfalls. Auch wenn das nun wohl ausgiebiges Aktenstudium im Büro bedeutete.

„Frau Jansen, wir machen hier jetzt nicht weiter. Sie brauchen sicher erst einmal Ruhe. Haben Sie jemanden, der sich um Sie kümmert?" Wiebke dachte an ihre Freundin Anna und nickte mit einem erneuten Schluchzen.

Krohn reichte ihr ein Taschentuch, das sie gerne annahm, um ihre Tränen zu trocknen.

„Frau Jansen, es kann sein, dass wir Sie noch einmal befragen müssen. Halten Sie sich bitte weiterhin für die Kriminalpolizei bereit."

Anna, die Freundin Wiebkes, hatte während des Gesprächs zwischen Wiebke und der Kripo die Vertretung an der Bar übernommen. Paule, ihr Chef, stand neben ihr und meinte: „Ich glaube, es ist was mit Boris. Wahrscheinlich hat er wieder etwas angestellt."

***

20

Als er wieder an seinem Schreibtisch saß, ließ sich Henry Krohn die angeforderten Akten vorlegen und begann mit dem Studium. Aus einer ganzen Reihe von Vorgängen, in die Boris Kolev verwickelt gewesen war, fielen ihm zwei Prozesse besonders auf.

Im ersten Verfahren ging es um die Drogenszene. Kolev war beschuldigt worden, größere Mengen von Kokain und andere harte Drogen besessen und damit gehandelt zu haben.

Bei einer Razzia wurde in Hamburg ein Ring von Dealern ausgehoben, dessen Kopf angeblich Kolev gewesen sein sollte. Letztlich konnte ihm dies jedoch nicht nachgewiesen werden. Für seinen wichtigsten „Geschäftspartner" Matze Stoffersen, genannt „Stoff", sah das leider ganz anders aus. Bei ihm hatte man bei der Razzia 2,5 kg Kokain gefunden. Nach § 29a BtMG (Gesetz über den Verkehr mit Betäubungsmitteln) ist dafür eine Freiheitsstrafe von nicht unter einem Jahr vorgesehen. Die Strafe kann bis 15 Jahre (pro Fall) gehen. Bedauerlicherweise ging der Richter seinerzeit davon aus, dass der Angeklagte dem Drogenhandel regelmäßig nachging und verhängte deshalb eine Freiheitstrafe von 8 Jahren.

Dass Boris Kolev bei diesem Prozess nicht als Angeklagter vor Gericht stand, verdankte er seiner Fähigkeit, aufkommendes Unheil rechtzeitig zu erkennen und mit entsprechenden Maßnahmen gegenzusteuern. Es versteht sich von selbst, dass ein so umtriebiger Geschäftsmann wie Boris Kolev vorgesorgt hatte, um den Gefahren, die in dem geschäftlichen Umfeld lauerten, in dem er so erfolgreich war, zu entgehen. Selbstverständlich pflegte er beste Kontakte bis in die höchsten Kreise der Hamburger Kriminalpolizei. Nach dem Motto „eine Hand wäscht die andere" versorgte er den einen oder anderen Amtsträger mit Material, das auf legalem Weg nicht zu beschaffen war. Im Gegenzug genoss er den Vorzug, frühzeitig einen Tipp zu bekommen, wenn Polizeiaktionen geplant waren, die sich gegen seine Interessen richteten.

Auf diesem Weg war ihm auch zugetragen worden, dass ein Schlag gegen den von ihm geführten Drogenring geplant war und er einer Durchsuchung seiner Privaträume gewärtig sein müsse. Das veranlasste ihn umgehend, die letzte Lieferung Kokain, die sich noch in seiner Villa befand – damals residierte er noch an der Elbchaussee – an Matze weiterzugeben.

Dass bei dem seit einigen Jahren in Diensten Kolevs stehenden Matze, der für die Verteilung an die nächste Empfänger-Ebene verantwortlich war, nun eine nicht unerhebliche Menge des Rauschgifts gefunden wurde, war bedauerlich, aber nicht zu vermeiden. Derlei Unglücke kamen eben vor und waren Geschäftsrisiko. Natürlich weniger für Boris Kolev als vielmehr für die anderen Beteiligten.

Was die Sache für Kolev allerdings kompliziert machte: Matze Stoffersen hatte im Knast erfahren, dass Kolev wohl rechtzeitig über die geplante Razzia informiert worden war und ihn ins offene Messer hatte laufen lassen. Über Umwege hatte nun wiederum Kolev die Warnung erreicht, er möge sich warm anziehen, denn wenn Matze wieder auf freiem Fuß wäre, käme es zur Abrechnung.

Von den 8 Jahren hatte der Verurteilte nur 6 Jahre abzusitzen. Er wurde wegen guter Führung - den im Knast betriebenen Drogenhandel hatte niemand bemerkt - vorzeitig entlassen. Da der Entlassungstermin erst knapp 2 Wochen zurücklag, kam Hauptkommissar Krohn zu dem Schluss, dass Matze Stoffersen sowohl ein ausreichendes Motiv als auch die Gelegenheit hatte, Kolev eine Rechnung zu präsentieren, die das vorzeitige Ableben Kolevs zur Folge gehabt haben könnte.

Hatte Kolev das geahnt und war er deswegen nach Amrum geflüchtet? Aber woher wusste Matze von Kolevs Aufenthalt? Hauptkommissar Krohn hielt es für möglich, dass es auch im Umfeld Kolevs eine undichte Stelle geben könnte, über die Matze auf die richtige Fährte geschickt worden war. Feinde, die dafür infrage kamen, hatte Kolev bestimmt genügend.

Diesen Matze Stoffersen musste man sich also genau anschauen. Und sollte er für den Tatzeitpunkt kein wasserdichtes Alibi vorweisen können, wäre er wohl hochgradig verdächtig, Boris Kolev umgebracht zu haben. Zweifel gab es aus der Sicht Krohns allerdings noch wegen des Strandkorbs. Wer kam schon auf die Idee, seinen Erzfeind, für den man 6 Jahre gesessen hatte, zu ermorden und anschließend in einem Strandkorb zu deponieren? Absurd!

Aber es gab da noch einen zweiten Fall, der möglicherweise im Zusammenhang mit dem Tod Kolevs stehen konnte. Auch hier hatte Boris Kolev die Fäden in der Hand, verurteilt wurden jedoch zwei Bordellbetreiber, die unter seiner Regie tätig geworden waren.

Die Bordellbetreiber waren zu mehrjährigen Haftstrafen wegen Menschenhandels und Zuhälterei verurteilt worden. Sie hatten Frauen aus Rumänien und Bulgarien nach Deutschland gelockt, um sie in sogenannten „Flatrate-Bordellen" arbeiten zu lassen. Die Geschäfte wurden von Boris Kolev eingefädelt und kontrolliert. Natürlich tauchte er nie persönlich auf, er agierte vorzugsweise aus dem Hintergrund. Die bei jedem „Frauentransfer" anfallenden Provisionen und ansehnliche Umsatzbeteiligungen aus den Bordellen wurden an ihn in bar übergeben, waren deshalb auch nicht nachvollziehbar und demzufolge „steuerfrei".

Neben Menschenhandel und Zuhälterei hatte man den beiden Männern vorgeworfen, für die Frauen keine Sozialversicherungsbeiträge abgeführt und so den zuständigen Stellen fast 1,2 Millionen Euro vorenthalten zu haben. Im Prozess brachten sie zu ihrer Verteidigung vor, dass sie mit der Geschäftsführung nichts zu tun gehabt hätten. Dafür sei ausschließlich ihr Chef, nämlich Boris Kolev zuständig gewesen. Der war allerdings so clever gewesen, dass es keinerlei Spuren seiner Geschäftsführung in den Büchern gab. Die Unterschriften unter Verträgen, Steuererklärungen und anderen relevanten Papieren stammten ausnahmslos von den beiden Angeklagten. Boris Kolev sagte aus, die Vorgänge seien ihm fremd, offensichtlich wolle man ihn durch falsche Beschuldigungen erledigen. Er behalte sich deshalb vor, gegen die Verleumder gerichtlich vorzugehen.

Das Gericht verurteilte die beiden Angeklagten zu Haftstrafen von achteinhalb Jahren sowie sechs Jahren und drei Monaten. Boris Kolev, der lediglich als Zeuge geladen worden war, verließ als unbescholtener Geschäftsmann den Gerichtssaal. Staatsanwalt und ermittelnde Beamten waren sich allerdings sicher, dass Kolev als Strippenzieher nur deswegen nicht auf der Anklagebank gesessen hatte, weil man ihm nichts nachweisen konnte. Von seiner Unschuld war man keineswegs überzeugt.

Der zu der kürzeren Haftzeit Verurteilte, es handelte sich um Petar Stoikov, einen Landsmann Kolevs, den auf dem Kiez jeder unter dem Namen „Klinge" kannte, war inzwischen entlassen worden und kam demzufolge ebenso als Täter infrage wie der bereits erwähnte Matze Stoffersen. Den Namen „Klinge" verdankte er seinem großzügigen Umgang mit einem Klappmesser, das er regelmäßig präsentierte, wenn jemand anderer Meinung war als er. So verwunderte es nicht, dass er bereits einige Prozesse wegen schwerer Körperverletzung hinter sich hatte und demzufolge auch über reichlich Erfahrung in geschlossenen Zellen verfügte.

Henry Krohn hatte keinen Zweifel daran, dass auch „Klinge" gewisse Rachegelüste empfinden würde. In diesen Kreisen ließ man es sicher nicht darauf beruhen, dass man einige Jahre hinter Gittern verbringen musste, während sich der Hauptverantwortliche in Freiheit ein schönes Leben machte.

Jetzt galt es also, die „Freunde" Kolevs ausfindig zu machen und ihre Alibis zu überprüfen. Aus der Sicht Krohns waren beide verdächtig, Kolev beseitigt oder wenigstens an seinem Ableben mitgewirkt zu haben. An einem Motiv mangelte es ja nun weder Matze „Stoff" Stoffersen noch „Klinge", dem ehemaligen Bordellbetreiber.

***

21

Als die Herren der Spurensicherung endlich Amrum erreicht und sie sich bei Hauptkommissar Malte Krug gemeldet hatten, mussten sie sich zunächst einen Vortrag über Dienstauffassung, verantwortungsvolle Ermittlungsarbeit, Pünktlichkeit und Engagement anhören. Sie fanden das wenig angemessen, denn die Zeitverzögerung durch die Fahrzeit der Fähre, die unglücklicherweise auf der Fahrt nach Wittdün auch noch den Hafen in Wyk auf Föhr angelaufen hatte, lag nun wirklich nicht in ihrer Verantwortung. Und wie das meistens bei unberechtigter Kritik ist, hatte sich ihre Begeisterung für diesen erneuten Einsatz auf der Insel in Wohlgefallen aufgelöst. Aber egal, da mussten sie jetzt durch.

Mit Malte Krug, dessen Assistenten Henning Brock und Hinnerk Petersen ging es – natürlich unangemeldet – zum „Gasthaus zum Pharisäer". Hinnerks Assistent Ingo Reiter war nicht dabei, er hatte wichtige Büroarbeiten im Polizeirevier in Nebel zu erledigen.

Nils Hansen staunte nicht schlecht, als das Riesenaufgebot von der Kripo vor ihm stand.

„Was soll das denn schon wieder, ich habe doch schon alles gesagt. Hier gibt es nichts mehr, was die Polizei nicht schon wüsste. Hinnerk, sag deinen Kollegen, dass das hier keinen Zweck hat."

Nils Hansen war heilfroh, dass seine Frau Silke nicht im Haus war. Die hätte sich nach seiner Einschätzung wohl mächtig aufgeregt. Silke war aber an diesem Tag mit einer Freundin auf dem Festland zu einem Einkaufstrip und würde wohl erst mit der letzten Fähre zurückkommen.

Bevor Hinnerk etwas sagen konnte, antwortete Hauptkommissar Malte Krug: „Herr Hansen, wir müssen das Zimmer, das Herr Boris Kolev in Ihrem Haus bewohnte, überprüfen. Möglicherweise gibt es dort Anhaltspunkte für seinen gewaltsamen Tod."

Nils machte bereitwillig den Weg frei und war sich absolut sicher, dass die Herren nichts finden würden. Nach einer intensiven Durchsuchung, bei der in dem Gästezimmer das Untere nach oben gekehrt wurde, stellte Malte Krug resigniert fest:

„Ich verstehe das nicht, warum war Kolev auf Amrum? Es gibt nicht den geringsten Hinweis in seinem Zimmer."

Hinnerk Petersen verstand es vorzüglich seine Freude darüber zu verbergen. Wäre es doch für ihn blamabel gewesen, wenn Krug in dem Raum, den Hinnerk bereits in Augenschein genommen hatte, etwas gefunden hätte. Es war der Sache zwar nicht dienlich, aber Hinnerk tat es sehr gut, dass der arrogante Hauptkommissar es auch nicht besser konnte, auch nicht mit Einschaltung der SpuSi.

Zu allem Überfluss ließ sich Nils Hansen noch zu der Äußerung hinreißen, seiner Meinung nach hätte der Verstorbene auf Amrum wohl nur ein paar Tage ausspannen wollen. Er könne sich beim besten Willen nicht vorstellen, wer Kolev nach dem Leben getrachtet hatte.

Jetzt musste sich Malte Krug beherrschen. Sein Kommentar zur Vermutung von Nils Hansen klang zynisch:

„Dass ich nicht lache! Kolev macht Urlaub auf Amrum? Das glauben Sie doch selber nicht. Der hatte ganz andere Ziele. Sylt hätte ich ihm abgenommen, aber nicht Amrum. Wenn der hier abgestiegen ist, hatte das sicher einen ganz besonderen Grund."

Wegen des erfolglosen Einsatzes war Malte Krug missgelaunt, entsprechend mürrisch wies er an, dass alle persönlichen Gegenstände von Kolev ebenso wie der immer noch auf dem Parkplatz stehende Ferrari unverzüglich nach Hamburg zu überstellen seien, wo die Kollegen der Kripo Hamburg sich um den weiteren Verbleib zu kümmern hätten. Möglicherweise hatte man dort ja irgendwelche Angehörige ausfindig gemacht.

***

22

An diesem für Malte Krug so wenig erfolgreichen Tag war Hinnerk Petersen in einer vergleichsweise positiven Stimmung. Einerseits bedauerte er, dass man mit der Aufklärung des Todesfalls noch nicht weitergekommen war, aber es tat ihm auch gut zu erleben, wie der „Klugscheisser" vom Festland es auch nicht besser konnte. Außerdem stand die Verabredung mit dem neuen Bekannten aus Rosenheim an. Von dem gemeinsamen Essen mit ihren Frauen versprach sich Hinnerk einen netten Abend.

Theresa Reischl hatte eine gänzlich andere Erwartung an dieses Treffen, aber sie konnte ihrem Maximilian nicht schon wieder einen Korb geben und erklären, dass sie lieber fernsehen würde. Schließlich gab es heute Abend einen Film von Inga Lindström, den sie allein wegen der wunderbaren Landschaftsbilder aus Schweden nur ungern verpasste. Da Maximilian aber bereits an dem Abend, den er mit diesem Herrn Petersen in der „Blauen Maus" verbracht hatte, auf ihre Begleitung verzichten musste, hatte sie sich schweren Herzens entschlossen, ihn in die „Seekiste" nach Nebel zu begleiten. Außerdem sollte sie ja dort ein besonders gutes Essen erwarten.

Das gute Essen war eine Sache. Aber auch in anderer Hinsicht war die „Seekiste" ein bemerkenswertes Gasthaus. Es war, das sah man schon beim Betreten des Gastraums, ein Ort voller alter, schöner Dinge aus dem Meer, von Walfangschiffen, urigen Friesenkaten, Kapitänskajüten und Schatztruhen. Neu waren hier nur die Auszeichnungen, die das Haus für Küche und Wohlfühl-Klönschnack bekommen hatte und die die Eingangstür hoch und runter schmückten.

Der Wirt Willem Olsen mochte alles, was da so hing, stand, sich drängte und glänzte. Schwerter, Schiffsglocken, Walfischzähne, Kerzenleuchter überall, Friesenteller, Steuerräder, Kapitänstische, alte Fliesen, Barometer, Gallionsfiguren. Es sah aus, als hätte Willem Olsen den „Nautiquitätenladen", den er früher in diesem Haus betrieb, einfach nur in „Seekiste" umbenannt und sich als Koch in die Küche gestellt. Fertig war 1984 die neue Geschäftsidee.

Nach der Kochlehre in Flensburg zog er Anfang der 1960er Jahre ab in die Welt, jobbte in einer Konditorei, ging für ein Jahr nach St. Moritz, zur Hotelfachschule nach Berlin und nach Stockholm ins legendäre „Operakällaren", den Opernkeller, damals das beste Restaurants Schwedens und Hoflieferant fürs Königshaus.

1968, mit knapp 30 Jahren, kehrte er zurück und führte bald darauf die Strandhalle Nebel, den ersten Selbstbedienungsbetrieb der Insel, und kaufte sich in der Smääljaat, der „kleinen Gasse" nahe der Nebeler Kirche, das Häuschen, das jetzt die über die Landesgrenzen hinaus bekannte „Seekiste" beherbergte.

Wenn Hinnerk sich mit seiner Frau in der „Seekiste" verwöhnen ließ, bevorzugte er den Stammtisch, den halbrunden Tresen am Ende der Theke. Dies war nach seiner Einschätzung der allerschönste Platz. Hinnerk aß für sein Leben gern die "Schornsteinfeger" - kross gebratene Heringsfilets. Aber auch für die legendäre Fischsuppe, in die lt. Willem „alles kommt, was Fisch ist", schwärmte er besonders.

Willem hatte für den heutigen Abend für Hinnerk, mit dem er seit Jahren freundschaftlich verbunden war, einen schönen Tisch im Restaurant reserviert. Bei der telefonischen Bestellung hatte Hinnerk angedeutet, dass er mit einem wichtigen Gast kommen würde, der eine gewisse Rolle bei der Aufklärung des Tötungsdeliktes in Norddorf spielen würde. Eigentlich interessierte Willem Olsen dieser unschöne Vorgang wenig. Ein solcher Zwischenfall war ja dem Tourismus auf der Insel eher abträglich.

So hatte er der örtlichen Presse auf die Frage, was er sich denn für die Insel wünsche, einmal geantwortet: „Mehr Bed & Breakfast-Häuser".

Damit gab er seinem Wunsch Ausdruck, er hätte abends gern mehr Leben auf der Straße und weniger Home-Entertainment in Apartments mit „XXL-Fernseher-Sofa-Kamin-Wellness". Gäste, die die Abende in ihrer Ferienwohnung verbrachten und möglicherweise noch auf die Idee kamen, in ihrer kleinen Küche selbst zu kochen, konnten einem Wirt wie Willem natürlich nicht gefallen.

Als die Reischls an der „Seekiste" eintrafen, standen Hinnerk, seine Frau Imke und der Wirt Willem Olsen vor dem Eingang und unterhielten sich auf Fering-Öömrang. Resi, die die letzten Worte noch mitbekommen hatte, staunte nicht schlecht, denn sie hatte kein Wort verstanden. Hinnerk und Imke unterbrachen ihren „Schnack" mit dem Wirt, begrüßten Resi und Maximilian ganz herzlich und machten sie mit Willem bekannt.

Resi hatte sich inzwischen an das „Moin" gewöhnt und verkniff sich das hier seltener gehörte „Grüß Gott".

Hinnerk hatte sie ja schon am Strand von Norddorf kennengelernt, nun machte sie auch die Bekanntschaft von Imke, Hinnerks Frau. Imke, auf Amrum geboren und dort aufgewachsen, wirkte auf Resi sehr sympathisch. Eine offene, freundliche Frau, mit gewinnendem Lächeln und einer insgesamt eindrucksvollen Erscheinung. Imke wusste mit ihrer Körpergröße von beinahe 1,80 m, naturblonden Haaren und einer für ihr Alter respektablen Figur zu beeindrucken. Und es hatte sie keineswegs überrascht, dass sich die Köpfe der anwesenden Gäste zu ihr drehten, als sie die „Seekiste" betreten hatte. Sie und Hinnerk waren ein perfektes Paar. Hinnerk, der ohne seine Polizeiuniform eigentlich viel besser nach Amrum passte, hatte seine „Elbsegler Schiffermütze" beim Betreten des Lokals abgesetzt - anders als in Bayern üblich nimmt man auf Amrum seine Kopfbedeckung in Gasthäusern ab -, und wirkte überhaupt nicht wie ein Polizist, eher schon wie ein Seemann auf Landgang.

Nach der Begrüßung nahmen sie Platz, tauschten die bei derartigen Treffen unvermeidlichen Höflichkeiten aus und wandten sich umgehend Wichtigem zu: Die Bedienung brachte die Speisekarten.

Imke und Hinnerk bestellten sich „Lamm aus dem Ofen, angerichtet auf friesischem Ratatouille". Resi, die vor Aufregung keinen großen Hunger verspürte, entschied sich für eine „Ofenkartoffel mit angemachten Nordseekrabben" – sie konnte sich inzwischen für die heimischen Gerichte geradezu begeistern. Im Unterschied zu ihr hatte Maximilian einen Mordshunger. Die Nordseeluft machte eben doch mächtig Appetit. Deshalb bestellte er die berühmte „Krabbenplatte", Rührei mit einer großen Portion frischer Nordseekrabben und den viel gelobten Bratkartoffeln von Willem.

Bei den Getränken waren sie sich ziemlich einig: Pils vom Fass, das hielten sie für die richtige Begleitung für die zünftige Speiseauswahl. Und schon beim ersten Zuprosten einigte man sich darauf, auf das förmliche „Sie" zu verzichten.

Was Hinnerk gehofft hatte, trat sehr schnell ein: Die beiden Frauen verstanden sich auf Anhieb und waren sehr bald in ein Gespräch vertieft, in dem es um gemeinsame Interessen ging. Jetzt sah Maximilian die Chance, Hinnerk nach dem Stand der Ermittlungen zu fragen:

„Wie weit seid Ihr, wisst Ihr etwas Neues über den Toten im Strandkorb?" Resi warf ihm einen vorwurfsvollen Blick zu, beließ es aber dabei, weil sie gerade von Imke über interessante Einkaufsmöglichkeiten auf der Insel informiert wurde.

Hinnerk war sich sehr wohl darüber im Klaren, dass er aus ermittlungstechnischen Gründen keine Auskunft geben dürfte. Aber war nicht der Kollege aus Rosenheim quasi in den Fall eingebunden? Ihm musste man doch wohl ins Vertrauen ziehen dürfen. Deshalb antwortete er:

„Wir haben heute das Zimmer durchsucht, in dem Boris Kolev gewohnt hat. Leider ohne Ergebnis. Die SpuSi hat nichts gefunden, was in irgendeiner Weise auf einen Täter hingewiesen hätte. Wir hoffen natürlich, dass unsere Kollegen in Hamburg eine Spur finden."

Nach einer kurzen Denkpause gab Maximilian zu bedenken: „Nach meiner Einschätzung dürfte das Motiv hier auf der Insel zu suchen sein, aber vielleicht befindet sich der Schlüssel zur Aufklärung wirklich in Hamburg. Ich würde im Umfeld des Toten ermitteln. Und das werden die Kollegen in Hamburg ja wohl tun."

Hinnerk nickte, wollte aber von Maximilian wissen: „Was meinst Du, können wir hier auf der Insel noch etwas unternehmen oder sollten wir auf Hamburg warten?"

„Naja, das ist ja wohl die Entscheidung von Hauptkommissar Krug. Ich kenne die Inhaber vom ‚Gasthaus zum Pharisäer' nicht, aber es kommt mir schon eigenartig vor, dass sie keinerlei Auskunft geben können. Ein Gast, der für mehrere Nächte verschwindet, und Inhaber und Mitarbeiter des Hotels gehen zur Tagesordnung über? Seltsam. Ich hätte mich damit nicht zufrieden gegeben. – Aber wahrscheinlich hast du Recht. In Hamburg wird man möglicherweise mehr erfahren."

Die Unterhaltung wurde unterbrochen, das Essen wurde serviert. Alle vier waren hoch zufrieden mit ihrer Wahl. Die Kommentare wechselten zwischen „Lecker!", „Ein Genuss!", und anderen Ausdrücken der Begeisterung. Lediglich Resi schaute etwas neidisch auf die Portion Bratkartoffeln, die man Maximilian serviert hatte. Der kannte seine Resi nur zu gut und fragte sie deshalb: „ Na Resi, möchtest du probieren?"

Das ließ sich Resi nicht zweimal sagen, griff nach der Schüssel und ergänzte ihre Ofenkartoffel, die mit angemachten Krabben serviert worden war, durch einen großen Löffel leckerer Bratkartoffeln, für die der Wirt über Amrum hinaus bekannt war.

Resi konnte es kaum fassen. So gute Bratkartoffeln hatte sie noch nie gegessen: „Ja mei, san die guat!"

Daraus entwickelte sich nun eine Diskussion über die Koch- und Essgewohnheiten im Allgemeinen und über die diesbezüglichen Unterschiede zwischen Nordfriesland und Bayern im Besonderen. Imke, die sich erinnern konnte, bei ihrem letzten Urlaub in Bayern mehrfach von den dort servierten Bratkartoffeln enttäuscht gewesen zu sein, stellte

„friedenstiftend" fest, es liege wohl an den Kartoffeln, die die Bayern daran hinderten, ähnlich schmackhafte Bratkartoffeln zuzubereiten. Dafür bekäme man aber in Bayern bessere Semmel- und Kartoffelknödel. An unterschiedlich ausgeprägten Kochkünsten könne es deswegen ja wohl nicht liegen.

Damit war die Angelegenheit so geklärt, dass zunächst alle zufrieden waren. Über einen anderen Punkt gab es dagegen nicht so schnell eine einhellige Meinung. Wie so oft kam es auch in dieser Runde zu einer intensiven Diskussion über das Wetter.

Resi, die ja ihren Urlaub lieber in Italien verbracht hätte, war mit ihrem Urteil über den Norden voreilig: „Also, mir gefällt es ja auf Amrum, aber da haben wir in Rosenheim schon viel besseres Wetter."

Imke Petersen, die schon immer an Meteorologie interessiert war und sich besonders mit dem Klimawandel beschäftigte, dessen Auswirkungen in den küstennahen Gebieten nach aktuellen Erkenntnissen besonders gravierend sein würden, sah sich veranlasst, Resi zu widersprechen.

„Liebe Resi, da bist du nicht richtig informiert. Ihr habt in Rosenheim deutlich mehr Regentage und auch insgesamt mehr Niederschlag als wir auf Amrum."

Resi reagierte mit einem ungläubigen Blick. „Das kann ich mir nicht vorstellen."

„Doch Resi, sogar die Höchsttemperatur ist durchschnittlich auf Amrum höher als in Oberbayern." Jetzt merkte Imke, dass Resi über diese Richtigstellung nicht gerade begeistert war, deshalb verließ sie dieses Thema schnell und schlug vor, doch noch einen Nachtisch zu bestellen.

Die Portionen waren jedoch so reichlich gewesen, dass sich niemand aus der Runde zu einem Dessert entschließen wollte. Stattdessen bestellte Hinnerk eine Runde Jubiläums-Aquavit, zur besseren Bekömmlichkeit des guten Essens, wie er meinte. So ging ein schöner Abend in der „Seekiste" zu Ende.

***

23

Die Beamten der Kripo Hamburg, die auf Anweisung von Hauptkommissar Henry Krohn die beiden Verdächtigen Matze Stoffersen und Petar Stoikov, auf dem Kiez besser unter den Namen „Stoff" und

„Klinge" bekannt, zum Verhör auf das Präsidium „bitten" sollten, hatten kein Problem, Matze Stoffersen ausfindig zu machen. In seinem Fall hatte nämlich das Gericht die Entlassung auf Bewährung mit Auflagen verbunden. Ihm wurde ein Bewährungshelfer zur Seite gestellt, der ihn während der Bewährungszeit zu betreuen und die Einhaltung von Auflagen und Weisungen zu überwachen hatte. Über den Bewährungshelfer war es möglich, den Gesuchten ausfindig zu machen.

Deutlich schwieriger gestaltete sich das Vorhaben bei „Klinge", der seine Haftstrafe komplett abgesessen hatte und sich inzwischen frei bewegen konnte, was er nach der langen Haftzeit auch weidlich ausnutzte. Aber Krohn kannte seine Pappenheimer und wies deshalb seine Mitarbeiter an, in den Etablissements zu suchen, die früher durch Stoikov mit „Frischfleisch" – so wurde in der Szene der neu aus dem Osten angeworbene Nachwuchs für die Bordelle genannt - versorgt wurden.

Krohn glaubte einfach nicht daran, dass die 6 Jahre und 3 Monate Knast Petar Stoikov zu einem besseren Menschen gemacht hatten. Nach seinen Erfahrungen war es ohnehin die Ausnahme, dass bei einem Straftäter durch einen längeren Gefängnisaufenthalt Interesse an einem gesetzestreuen Leben geweckt wurde. In den meisten Fällen war das Gegenteil der Fall. Wer seine Strafe abbüßte und als

Grund für die Inhaftierung nicht die Straftat an sich sondern eher die eigene Nachlässigkeit, die zur Verhaftung geführt hatte, ansah, war wohl eher darauf erpicht, diesen Fehler nicht zu wiederholen. Und da war es von Vorteil, dass man im Knast durchaus noch den einen oder anderen Trick erlernen konnte, der die Chance erhöhte, z.B. beim nächsten „Bruch" nicht erwischt zu werden. Letztlich war der Knast eine qualifizierte Ausbildungsstätte für potenzielle Wiederholungstäter.

Das wusste natürlich Hauptkommissar Krohn. Deshalb erwartete er, dass sich „Klinge" nach der Entlassung in seinem gewohnten Umfeld aufhalten würde.

Und so war es.

Krohn hatte Finn Henke, seinem Assistenten, den Auftrag erteilt, Petar Stoikov ausfindig zu machen. Dann gedachte er ihn auf dem kürzesten Weg ins Präsidium zum Verhör zu holen. Dazu war es selbstverständlich nicht erforderlich, alle infrage kommenden Bars, Bordelle und Kneipen zu durchsuchen. Die Kripo hatte gute Kontakte zu einigen Mittelsmännern auf dem Kiez, die zu der einen oder anderen Auskunft gerne bereit waren. Es kam schon mal vor, dass seitens der ermittelnden Beamten bei kleineren Verfehlungen ein Auge zugedrückt wurde, wodurch der jeweils vor der

Strafverfolgung verschonte „Freund" der Kripo angemessene Gegenleistungen in Form von Informationen bereitwillig erbrachte. So auch in diesem Fall.

Auf Karl Brandauer, genannt „Charly", war Verlass. Charly hatte früher als Türsteher im „Tivoli" gearbeitet und seinen Job von heute auf morgen verloren, weil er für die Vermittlung von Damen des Dienstleistungsgewerbes Provisionen kassiert hatte, die letztlich die Einnahmen seines Chefs belasteten. Der hatte ihn daraufhin gefeuert, was bei Charly verständlicherweise gewisse Rachegelüste auslöste. Charly hatte sich daraufhin nämlich bei der Kripo bereit erklärt auszusagen und zu Protokoll gegeben, dass sein Chef nicht nur das „Tivoli" betrieb, sondern auch kräftig an der Prostitution verdiente, was den Behörden zwar bekannt, aber bisher nicht zu beweisen war. Charly war aus der Sache mit einer Bewährungsstrafe herausgekommen, während sich sein ehemaliger Chef für längere Zeit aus der Öffentlichkeit verabschieden musste. Seit dieser Zeit pflegte Charly mit der Kripo eine gedeihliche Kooperation, schließlich hatte man in seinen Kreisen dankbar für Entgegenkommen der Polizei zu sein und in der Folge den Beamten hin und wieder einen Gefallen zu tun.

Finn Henke wusste, dass Charly so ziemlich jeden Abend in „Susis Bierbar" verbrachte. Dieses Etablissement hatte den Vorzug, dass man zu moderaten Preisen ein gut gekühltes Pils und leckere Kleinigkeiten bekam, wie z.B. sehr schmackhafte Frikadellen, Bockwurst mit Kartoffelsalat, Brathering, saure Gurken, Soleier usw., was den Geldbeutel schonte und dazu führte, dass man wegen der meistens überschaubaren Zeche häufig Gast sein konnte. Der Platz an der Bar bei Susi garantierte zugleich den Zugang zum aktuellen Geschehen auf dem Kiez. Durch die zentrale Lage und das „erlesene" Publikum von Susis Bierbar war sichergestellt, dass man alle wichtigen Neuigkeiten ohne Zeitverlust erfuhr.

Als Finn Henke die Bar betrat, wusste „Charly" sofort, welchen Grund das wohl haben würde. Finn Henke war nicht dafür bekannt, aus rein privaten Gründen in einem Lokal auf dem Kiez aufzutauchen. Es war also davon auszugehen, dass irgendetwas „im Busch" war. Und Charly täuschte sich nicht. Finn Henke überschaute mit einem Rundumblick die Szene und ging direkt auf Charly zu.

„Hi Charly, ist der Platz neben dir noch frei?"

Charly nickte, rückte etwas zur Seite und schaute Finn fragend an.

„Was möchtest du trinken, Charly?", begann Finn das Gespräch unverbindlich.

„Zu ‚Lütt un Lütt' würde ich nicht nein sagen!", gab Charly zurück. Die Aussicht auf ein Gratisgetränk hatte deutlich positiven Einfluss auf seine Laune. Das war aber nicht vordergründig die Absicht Finns, der eher an der Auskunftsfreudigkeit Charlys interessiert war.

„Was darf's denn sein?" Susi sah heute wieder umwerfend aus. Die gedämpfte Beleuchtung vertuschte die Tatsache, dass Susi die 50 längst überschritten hatte. Sie verstand es, sich so zu schminken und zu kleiden, dass sie für deutlich jünger gehalten wurde. Die Wahrheit kam, jedenfalls solange sie sich in ihrer Bar aufhielt, im wahrsten Sinne des Wortes „nicht ans Tageslicht".

„Einmal ‚Lütt un Lütt' und ein Alsterwasser", gab Finn seine Bestellung auf. Und dann zu Charly gerichtet: „Du kennst doch Petar Stoikov?"

„Meinen Sie „Klinge", Herr Kommissar? Der ist doch im Knast." Charly gab sich ziemlich ahnungslos.

„Pass mal auf, Charly! Wenn du mich verarschen willst, hast du gleich ein großes Problem. Du weißt doch ganz genau, dass Stoikov vor drei Wochen entlassen wurde. Und erzähl mir nicht, du hättest das nicht mitbekommen. Ich will von Dir wissen, wo er sich aufhält, und zwar ein bisschen plötzlich." Der Ton von Finn Henke ließ keinen Zweifel aufkommen, er meinte es ernst.

Susi servierte die Getränke: „Zum Wohl, die Herren."

Finn hob sein Glas, prostete Charly zu und sagte: „Also, was ist? Raus mit der Sprache!"

Charly druckste herum, neigte sich ganz nah zu Finn und erklärte mit gedämpfter Stimme: „Ich muss sehr vorsichtig sein, „Klinge" und seine Jungs sind sehr gefährlich."

„Du brauchst keine Angst zu haben. Was du mir erzählst bleibt unter uns." Finn versuchte ihn zu beruhigen.

Dann begann Charly mit noch leiserer Stimme, wobei er ängstlich abwechselnd nach links und rechts schaute: „Er war gestern hier an der Bar."

„War er allein oder in Begleitung? Weißt du, wo er heute ist?" Finn hatte den Eindruck, dass Charly noch mehr wusste.

„Er war in Begleitung zweier Herren hier, die ich nicht kenne. Sie unterhielten sich leise, aber ich habe mitbekommen, dass sie nicht deutsch sprachen. Ich denke, es wird eine osteuropäische Sprache gewesen sein."

„Hast du gar nichts verstanden?" Finn fürchtete schon, dass das Gespräch mit Charly heute nichts bringen könnte.

„Doch, zum Abschied habe ich gehört, wie „Klinge" sagte: ‚Bis morgen im Club Lausen'."

„Bist du sicher? Ich denke, die Herren haben nicht deutsch gesprochen?" Finn zweifelte offensichtlich die Glaubwürdigkeit Charlys an.

„Sie haben zum Schluss des Gesprächs deutsch gesprochen. Was sie in der fremden Sprache gesagt haben, sollte sicher nicht jeder verstehen."

Damit gab sich Finn Henke noch nicht zufrieden. „Hast du gehört, wann sie sich im ‚Lausen' treffen wollen?"

„Nein, leider nicht." Das klang wieder ehrlich.

Finn bohrte nicht weiter. Er überlegte, was jetzt zu tun wäre.

Das gute alte „Café Club Lausen" gegenüber der Davidwache war ein Oldtimer unter den Bordellen und Clubs auf der Reeperbahn. Das „Lausen" beherbergte einen Nachtclub mit Bar, dazu Saunen, römische Bäder und Whirlpools. Wenn nun Stoikov sich dort mit „Geschäftsleuten" aus Osteuropa traf, bestand durchaus die Möglichkeit, dass er nur wenige Tage nach seiner Entlassung aus dem Knast wieder in das Geschäft einzusteigen beabsichtigte, in dem er bis zu seiner damaligen Verhaftung so erfolgreich tätig gewesen war.

Finn Henke informierte über diesen Sachverhalt unverzüglich seinen Chef, Henry Krohn, der veranlasste, dass Stoikov, der sich tatsächlich am Abend im „Lausen" aufhielt, eine Einladung auf das Präsidium erhielt, die er nicht ablehnen konnte.

***

24

Zu dem Zeitpunkt als Finn Henke in „Susis Bierbar" versuchte, den Aufenthaltsort von Petar Stoikov herauszubekommen, wurde Matze Stoffersen von Henry Krug befragt:

„Matze, du bist jetzt seit ein paar Wochen auf freiem Fuß, was treibst du so? Hast du Arbeit?"

„Was ich treibe? Die Frage soll doch wohl ein Scherz sein. Dieser penetrante Bewährungshelfer, den man mir auf den Hals gehetzt hat, verfolgt mich auf Schritt und Tritt. Und da fragen Sie mich, Herr Hauptkommissar, was ich so treibe?"

Matze war offensichtlich wütend und machte weiter:

„Was soll das hier überhaupt? Mit welchem Recht werde ich auf das Präsidium geholt? Ich will einen Anwalt."

„Jetzt beruhige dich mal. Wir ermitteln möglicherweise in einem Mordfall. Und da würdest du gut daran tun, mit der Kripo zu kooperieren." Krohn wollte ihm eine Brücke bauen.

„Mordfall? Keine Ahnung wovon Sie sprechen." Wenn Matze wirklich etwas mit der Sache zu tun haben würde, hätte er seine Ahnungslosigkeit gut gespielt, dachte Krohn.

„Du kanntest doch sicher Boris Kolev?" Krohn wurde deutlicher.

„Ach die Sache. Aber Herr Hauptkommissar, was soll ich damit zu tun haben. Wie jeder auf St. Pauli weiß, wurde Kolev am Strand von Amrum tot aufgefunden. Na und? Bin ich vielleicht verdächtig?" Matze lehnte sich zurück und tat gelangweilt, was Krohn ärgerte.

„Matze, so einfach ist die Sache für dich nicht. Du hast schließlich ein handfestes Motiv. Oder hast du Kolev vielleicht verziehen, dass er dir sechs Jahre Kost und Logis auf Staatskosten besorgt hat?"

„Aber Herr Hauptkommissar, dafür bringt man doch niemanden um." Matze gab das Unschuldslamm. Und das machte er wirklich gut, wie Krohn sich eingestehen musste.

„Wo warst du in der Nacht vom 27. auf den 28. August?" Das war die Nacht, bevor Maximilian Reischl in Norddorf die Leiche von Boris Kolev gefunden hatte.

Matze Stoffersen blickte etwas irritiert aus der Wäsche.

„Glauben Sie wirklich, ich wäre nach Amrum gefahren, um diesen Fiesling Kolev umzubringen? Da wäre mir das Fahrgeld zu schade gewesen. Ich gebe allerdings zu, dass ich bei der Nachricht vom Ableben des Herrn Kolev nicht in Trauer verfallen bin, ganz im Gegenteil."

„Also, wo warst du?"

„Ich weiß es nicht mehr so genau, da müssen wir meinen Bewährungshelfer fragen." Mit dieser Antwort von Matze fühlte sich Krohn etwas auf den Arm genommen. Deshalb hielt er Matze vor:

„Rede keinen Unfug. Der Bewährungshelfer ist nicht rund um die Uhr bei dir. Du hattest durchaus die Möglichkeit, eine Nacht auf Amrum zu verbringen. Und wenn du nicht sofort ein wasserdichtes Alibi präsentierst, wanderst du in Untersuchungshaft. Ist das klar?"

„Um welche Nacht handelt es sich? Vielleicht kann ich mich ja doch erinnern." Matze schaute den Hauptkommissar fragend an.

Langsam wurde Krohn ungeduldig, deshalb antwortete er mit leicht erhobener Stimme: „Ein letztes Mal noch, Matze. Vom 27. auf 28. August, wo warst du in dieser Nacht?"

„War das nicht der Abend, an dem der HSV gegen Köln zuhause 3:4 verloren hat? Da war ich im Stadion. Und dafür gibt es Zeugen." Matze Stoffersen hatte eine triumphierende Haltung eingenommen.

Krohn konterte: „Damit bist du noch nicht aus dem Schneider. Das Spiel begann um 15:30 Uhr und war um ca. 17.30 Uhr beendet. Samstags gibt es noch am Abend eine Fähre von Dagebüll nach Wittdün, also für dich durchaus erreichbar. Mit deinem schnellen BMW brauchst du ja wohl nicht viel länger für die Strecke als 2 Stunden."

„Das ist doch Quatsch. Erstens wusste ich gar nicht, dass Kolev auf Amrum war und außerdem waren wir nach dem Spiel mit ein paar Freunden noch 'was trinken." Matze fühlte sich ziemlich sicher und vertraute darauf, dass man ihm nichts nachweisen konnte.

„Gut, gibt es Zeugen? Mit wem warst du nach dem Spiel zusammen, und wo?" Krohn zweifelte inzwischen daran, Matze als Täter überführen zu können. Aber er traute ihm auch zu, die Zeugen, die er brauchte, bestochen zu haben.

„Ich war mit ein paar Freunden in ‚Susis Bierbar', wo wir bis ca. 22:00 Uhr gesessen und über das Spiel diskutiert haben. Wir waren sauer auf den

HSV, bei dem sich die Führungsriege einen Scheiß nach dem anderen leistet. Und nach 22:00 Uhr war es ja wohl kaum möglich, noch nach Amrum zu kommen und Kolev umzubringen. Kann ich jetzt gehen?" Jetzt klang er sehr selbstsicher.

Krohn schob ihm einen leeren Zettel rüber und forderte ihn auf: „Schreib mir auf, mit wem du an dem Abend zusammen warst. Name, Adresse und möglichst Telefonnummer. Wir werden deine Angaben überprüfen, und ich warne dich, wenn du gelogen hast, sorge ich dafür, dass du für lange Zeit im Knast landest."

Matze beschrieb den Zettel mit ein paar Namen, dann verließ er grinsend das Büro des Hauptkommissars.

***

25

Die Beamten, die Petar Stoikov unmissverständlich klarzumachen versuchten, dass er sich jetzt von den Damen, mit denen er sich in ein Séparée des eleganten „Café Club Lausen" zurückgezogen hatte, verabschieden müsse, bekamen einiges zu hören.

„Was fällt Ihnen ein? Ich bin ein freier Mann und muss mich hier nicht von irgendwelchen Bullen in Zivil anmachen lassen. Sie können mich mal. Ich soll aufs Präsidium kommen? Warum denn? Was wirft man mir vor?"

Er war ziemlich in Rage und zeigte den Beamten wutentbrannt den Mittelfinger der linken Hand. Dann wandte er sich wieder seinen Gesellschafterinnen zu. Jetzt sollte der angenehme Teil des Abends doch erst beginnen. Nicht umsonst hatte er zwei gut gebaute und zugleich willige Damen zu sich ins Séparée gebeten. Das „Café Club Lausen" war schließlich ein Qualitätsbegriff auf dem Kiez, entsprechend hochkarätig war das weibliche Personal sortiert.

In Wahrheit war Stoikov natürlich auch hier, um geschäftlichen Interessen nachzugehen. Zwar gab es durchaus Möglichkeiten, auch aus der Haft Einfluss auf die Vermittlung von lukrativen Geschäften zu nehmen, das war jedoch ungleich komplizierter und teurer, als sich in Freiheit direkt um die richtigen „Abschlüsse" kümmern zu können. Saß man im Knast, musste man immer irgendwelchen Typen vertrauen, von denen man auch ab und an übers

Ohr gehauen wurde. Und nach mehr als 6 Jahren Freiheitsentzug sah es Petar Stoikov als existenziell wichtig an, möglichst schnell die Fäden wieder selbst in die Hand zu nehmen. D.h. er musste wieder in der Szene präsent sein. Ausgerechnet in dieser Phase kamen diese Typen und wollten ihn zum Verhör abholen? So nicht, dachte er.

Die beiden Beamten waren da anderer Meinung. Einer von ihnen: „Herr Stoikov, wir bitten Sie unserer Einladung zu folgen. Sie können das Etablissement mit uns unauffällig verlassen, dann gibt es hier keine weitere Aufregung. Sie können sich weigern, dann passiert Folgendes: Erstens bekommen Sie eine Anzeige wegen Beamtenbeleidigung und zweitens nehmen wir Sie vorläufig fest, weil Sie verdächtigt werden, am Tod von Boris Kolev beteiligt gewesen zu sein."

Bei den letzten Worten zuckte Stoikov etwas, sein Gesichtsausdruck veränderte sich schlagartig. Dann blickte er die Damen an, und nach kurzem Zögern gab er seinem Bedauern Ausdruck:

„Schade, aber ich muss euch leider allein lassen. Ich habe mit den beiden Herren einen wichtigen Termin."

Das Bedauern war echt, denn alles sprach dafür, dass er im „Café Club Lausen" in den nächsten Stunden sicher besser behandelt worden wäre als bei der Polizei. Zwar war er sicher, dass man ihm wegen Kolev, von dessen Tod er natürlich ebenso Kenntnis hatte wie Matze Stoffersen, nichts würde anhängen können, aber man wusste ja nie. Allein die Androhung einer Anzeige wegen Beamtenbeleidigung zeigte ihm, dass die Burschen es ernst meinten. Er sah auch ein, dass er sich nicht zum Zeigen des "Stinkefingers" hätte hinreißen lassen dürfen. Da waren die Herren ja sehr empfindlich. Also würde er der Kripo das gewünschte „Interview" geben und alles würde wieder im Lot sein. Da war er sich sicher.

Aber Petar Stoikov hatte sich getäuscht. Er wurde nämlich auf dem Präsidium von Henry Krohn erwartet, an den er nicht die besten Erinnerungen hatte. Immerhin hatte dieser dienstgeile Hauptkommissar an einigen seiner Verhaftungen mitgewirkt. Meistens ging das für ihn, Stoikov, ziemlich schlecht aus, weil dieser Typ dermaßen detailverliebt ermittelt hatte, dass es in mehreren Fällen zu einer ärgerlichen Haftstrafe reichte. So war im Laufe der Jahre eine ansehnliche „Knastkarriere" für ihn dabei herausgesprungen. Ein Umstand, der bei ihm nicht gerade eine ausgeprägte Sympathie für Krohn begründet hatte. Und diesem scharfen

Hund sollte er jetzt Rede und Antwort stehen? Wenn das man ein gutes Ende nahm.

Entsprechend angespannt war die Stimmung bei der Begrüßung. Krohn war zunächst noch einigermaßen freundlich:

„Na, Stoikov – oder soll ich lieber „Klinge" sagen? – ist es mal wieder soweit?"

„Herr Hauptkommissar, ich weiß nicht, was Sie meinen." Stoikov gab sich ahnungslos, was er in gewisser Weise auch war. Was konnte man ihm denn schon beweisen?

„Du bist doch erst vor kurzem entlassen worden. Und jetzt sitzt du schon wieder hier zum Verhör, was soll das? Ich dachte, du wolltest dich bessern?" Krohn glaubte allerdings nicht wirklich, dass die kriminelle Energie Stoikovs eines Tages nachlassen würde.

„Was werfen Sie mir vor?" Stoikov gab sich unschuldig.

„Es ist ja hinlänglich bekannt, dass Boris Kolev nicht mehr unter uns weilt. Und irgendjemand hat da nachgeholfen. Jetzt rate mal, wie wir auf dich kommen?"

Krohn beantwortete diese Frage selbst:

„Du hattest ja sicher mit Boris eine Rechnung offen. Oder hast du ihm verziehen, dass er mitgeholfen hat, dir für mehr als sechs Jahre einen Aufenthalt in ‚Santa Fu' zu ermöglichen? Einen solchen ‚Freundschaftsdienst' vergisst man doch so schnell nicht, oder?"

Stoikov versuchte zu beschwichtigen: „Ach die alte Geschichte. Das ist so lange her."

Krohn nahm ihm das nicht ab. Er hatte genügend Erfahrung um zu wissen, dass die Begleichung derlei offener Rechnungen auch nach Jahren noch mit brutaler Konsequenz versucht wurde. Für ihn war klar, dass entweder Stoikov oder Stoffersen – oder vielleicht beide gemeinsam – mit der Sache etwas zu tun hatten.

„Stoikov, kommen wir zu den Fakten: Kolev ist in der Nacht vom 27. auf den 28. August gewaltsam ins Jenseits befördert worden. Wo warst du in dieser Nacht? Und bitte nicht Grimms Märchen, wir werden deine Angaben genau überprüfen."

Jetzt wurde Krohn konkreter.

Stoikov dachte kurz nach, dann: „Das war doch das letzte Wochenende? Da war ich von guten Freunden zu einer Party auf Sylt eingeladen."

Jetzt witterte Krohn eine Spur: „Aha, und wo hat diese Party stattgefunden? Gibt es Zeugen?"

„Die Party war in ‚Eves Night Club'. Und natürlich gibt es Zeugen. In meinem Wagen liegt auch noch die Quittung für die Fahrt mit dem Sylt-Shuttle."

„Na gut, wir werden das überprüfen. Bitte die Namen der Zeugen aufschreiben."

Stoikov schrieb ein paar Namen auf einen Zettel, der ihm gereicht worden war. Er nahm an, damit sei die Angelegenheit erledigt, denn auf die namentlich genannten Zeugen konnte er sich verlassen. Wenn er sie noch rechtzeitig telefonisch erreichen würde, konnte er auf Aussagen in seinem Sinne zählen. Natürlich kam für ihn in einer derartigen Situation als Zeuge nur infrage, wer in gewissem Umfang in seiner Schuld stand und es nicht wagen würde, zu seinem Nachteil Informationen zu Protokoll zu geben.

Krohn war aber noch nicht zufrieden.

„Stoikov, überleg dir gut, wen du als Zeugen benennst und was du uns erzählst. Du hast nicht nur ein klassisches Motiv, du hattest auch die Gelegenheit, Kolev in der fraglichen Nacht zu treffen. Mit dem ‚Adler-Express' kann man nachmittags von Sylt nach Amrum und am nächsten Vormittag wieder zurückfahren. Die Überfahrt dauert ca. 50 Minuten. Dein Aufenthalt auf Sylt erhärtet den Verdacht gegen dich."

„Aber Herr Hauptkommissar, ich wusste doch gar nicht, dass Kolev auf Amrum war. Ich habe damit nichts zu tun, glauben Sie mir."

Stoikov hatte das Gefühl, der Aufenthalt auf Sylt könnte wirklich ein Problem für ihn werden. Er musste unbedingt mit den von ihm benannten Zeugen reden. Zwar hatte er eine Einladung zu der Party im „Eves Night Club" erhalten, den Aufenthalt auf Sylt hatte er jedoch für „Geschäfte" genutzt, was seine Anwesenheit auf der Party unmöglich gemacht hatte. Und er hatte gute Gründe, diese Geschäfte gegenüber der Polizei nicht zu erwähnen. In der Szene war seit langem bekannt, dass die Gäste - insbesondere die männlichen - auf Sylt immer anspruchsvoller geworden waren und attraktiven Damen aus dem Osten äußerst angenehme, sprich lukrative Arbeitsbedingungen geboten wurden. Entsprechend lohnend war natürlich auch die Vermittlung dieser jungen „Nachwuchskräfte".

Stoikov war während seines Aufenthalts in Santa Fu diese Entwicklung nicht verborgen geblieben. Umso stärker waren nun seine Bemühungen, an diesen gewinnbringenden Transfers zu partizipieren. Schließlich galt er als exzellenter Kenner der Abläufe und verfügte über ungewöhnlich gute Kontakte zu den „Managern" in den Herkunftsländern. Die galt es jetzt zu nutzen, ohne dass die Kripo gleich davon erfuhr. Und nun bestand die Gefahr, dass die Geschichte mit Kolev auf Amrum ihm die ganze Tour vermasseln könnte. Damit hatte er nicht gerechnet.

„Herr Hauptkommissar, was immer da auf Amrum passiert ist, ich habe nichts damit zu tun."

Hauptkommissar Krohn hatte für einen Moment das Gefühl, die falsche Spur zu verfolgen. Aber sollte er sich so täuschen? Stoikov und Stoffersen hatten beide lupenreine Motive und wollten ihre Alibis von schlecht beleumdeten Vertretern der Unterwelt bezeugen lassen. Er würde die Herrschaften wohl noch genauer unter die Lupe nehmen müssen. Irgendetwas stimmte da nicht.

***

26

Die beiden Verhöre hatten Hauptkommissar Krohn nicht wirklich weitergeholfen. Die Verdächtigen, die als letzten Wohnsitz guten Gewissens Hamburg, Am Hasenberge 26, - dies ist die Besucheranschrift für die Justizanstalt Hamburg-Fuhlsbüttel- angeben konnten, waren deshalb noch lange nicht aus dem Schneider. Krohn war jedoch der Meinung, es müsse auch noch andere Hinweise geben, die zur Aufklärung dieses Falles beitragen könnten. Und so entschloss er sich, im Umfeld des Toten weitere Nachforschungen anzustellen.

Die Staatsanwaltschaft stellte nach Würdigung der Sachlage bereitwillig einen Durchsuchungsbefehl für die Penthouse-Wohnung des Verstorbenen aus, wohl wissend, dass die Lebensgefährtin Kolevs, Wiebke Jansen, unter derselben Adresse gemeldet war.

Wiebke Jansen öffnete die Tür und war erschrocken, ein solches Aufgebot der Polizei vor sich zu sehen. Den Hauptkommissar Krohn kannte sie ja bereits. Er war es, der ihr die Nachricht vom Tod ihres Lebensgefährten überbracht hatte. Aber was wollten die Beamten in seiner Begleitung? Henry Krohn bemühte sich, das aufzuklären:

„Entschuldigung, Frau Jansen, dass wir Sie noch einmal stören. Ich hatte Ihnen ja bereits gesagt, dass wir vielleicht noch ein paar Fragen an Sie haben werden."

„Ja, selbstverständlich, kommen Sie herein." Wiebke hatte Vertrauen zu dem sympathischen, freundlichen Hauptkommissar.

„Es ist allerdings so, dass wir die Wohnung durchsuchen müssen", räumte Krohn ein, „vielleicht finden wir hier einen Hinweis auf ein Gewaltverbrechen."

Krohn staunte, als er die Wohnung betrat. Wiebke war offensichtlich dabei, ihr Hab und Gut in Umzugskisten und Koffer zu verpacken. „Wollen Sie ausziehen?"

„Ja, ich will weg. Ich kann die Wohnung allein nicht halten und außerdem halte ich es hier allein nicht aus. Ich kann wieder zu meiner Freundin ziehen, bei der ich vorher gewohnt habe. Aber, Herr Hauptkommissar, was wollen Sie hier in der Wohnung denn finden? Haben Sie noch keine Spur von dem Täter?"

„Leider nein, deshalb müssen wir jeder Möglichkeit nachgehen."

Krohn sah, wie die ihn begleitenden Beamten in der Wohnung alles durchsuchten: Akten, Schränke, Papierkörbe, aber wirklich wichtige Hinweise waren Fehlanzeige.

„Frau Jansen, ist Ihnen etwas aufgefallen, was im Zusammenhang mit dem Tod von Boris Kolev stehen könnte."

Sie schüttelte den Kopf. Bei dem Gedanken an die schöne Zeit, die sie mit Boris verlebt hatte, kamen ihr wieder die Tränen.

Nachdem die Herren von der Spurensicherung Vollzug gemeldet hatten, verabschiedete sich Krohn höflich, nicht ohne darauf hinzuweisen, dass man den Laptop von Boris Kolev mitnehmen würde, um die Daten einer genauen Überprüfung zu unterziehen.

„Das war es zunächst, Frau Jansen. Hier ist meine Visitenkarte. Bitte melden Sie sich bei mir, wenn Ihnen noch etwas einfallen sollte."

Am nächsten Tag lag der Bericht über die Durchsuchung bei Kolev auf Krohns Schreibtisch. Krohn staunte nicht schlecht. Endlich eine heiße Spur!

Auf dem Laptop hatte man den Entwurf eines Briefes gefunden, den Boris Kolev offensichtlich an den Wirt vom „Gasthaus zum Pharisäer" auf Amrum geschrieben hatte. Der Text lautete:

An
Nils Hansen
Gasthaus zum Pharisäer
25946 Norddorf auf Amrum

Sehr geehrter Herr Hansen,

ich kenne die Hintergründe für Ihren Neubau. Halten Sie bitte

150.000 Euro
-einhundertfünfzigtausend-

in bar bereit, wenn Sie vermeiden wollen, dass die Polizei davon erfährt. In der nächsten Woche erfahren Sie mehr.

Ein Freund des Hauses

Henry Krohn hatte in dieser Angelegenheit das erste Mal das Gefühl, auf der richtigen Spur zu sein.

Wenn Kolev wirklich diesen Brief geschrieben haben sollte, war es von ihm überaus leichtsinnig, den Entwurf auf dem Laptop nicht zu löschen. Er hatte sich offensichtlich sehr sicher gefühlt.

Aber was steckte hinter diesem Brief, was war der Anlass? Welche Informationen standen Kolev zur Verfügung, die einem derartigen Erpressungsversuch Sinn gaben? Krohn überlegte fieberhaft, konnte sich jedoch einfach keinen Reim auf diesen Vorgang machen.

***

27

Ein herrlicher Strandtag auf Amrum. Resi und Maximilian Reischl hatten sich ein ausgiebiges Frühstück mit leckeren Brötchen vom Bäcker Schult gegönnt und waren schon früh Richtung Strand unterwegs. Am Kiosk bei der Strandhalle kaufte Maximilian die neueste Ausgabe der Tageszeitung. Er wollte gerne wissen, was „Der Insel-Bote" über den Fall, der die Gemüter auf der Insel so sehr beschäftigte, zu berichten hatte. Seit Tagen brodelte die Gerüchteküche, die abenteuerlichsten Theorien waren zu hören.

Selbst die russische Mafia wurde ins Spiel gebracht, denn der Name des Toten war durchgesickert. Und wenn schon ein Osteuropäer auf Amrum den Tod fand, konnte man ja wohl von einem Mord ausgehen. War nicht ein russischer Ex-Agent mitten in London mit dem Strahlengift Polonium-210 vergiftet worden? Warum sollte so etwas nicht auch auf Amrum passieren? Die Spekulationen schossen ins Kraut und niemand hatte offensichtlich ein Interesse, die Angelegenheit auf ein normales, überschaubares Maß zu reduzieren.

Da passte es zu der allgemeinen Aufregung, dass „Der Insel-Bote" titelte:

Chaos bei den Ermittlungen-
noch immer keine Spur
Der Tote im Strandkorb gibt
der Polizei Rätsel auf

Maximilian Reischl amüsierte sich, als er den Bericht las. Die Journalisten hatten offensichtlich deutlich mehr Informationen als die ermittelnden Beamten. Von Hinnerk wusste er, dass es tatsächlich noch keine sachdienlichen Hinweise gab, allerdings gab es auch bisher keinen konkreten Anlass, von Mord auszugehen. Die Presse war wie so oft in derartigen Fällen mit ihren Vermutungen nicht so zurückhaltend. Der Journalist, der den Artikel verfasst hatte, war sich nämlich sicher, dass der Tote das Opfer eines Drogenkriegs war. Man hatte seitens der Presse angeblich zuverlässige Informanten, die aus dem Umfeld von Boris Kolev von geschäftlichen Differenzen mit Konkurrenten zu erzählen wussten. Name und Herkunft des Opfers waren inzwischen bekannt, es musste bei der Polizei oder bei der Rechtsmedizin wohl eine undichte Stelle geben. Das Phänomen, dass vertrauliche Details aus Ermittlungsakten immer wieder an die Presse gelangten, war den zuständigen Behörden bekannt. Wegen dieser Vorgänge wurde aber nie ernsthaft ermittelt.

Nachdem Maximilian den Bericht in der Zeitung gelesen hatte, rief er von seinem Handy Hinnerk an, um zu erfahren, ob der Bericht in der Presse auf Tatsachen beruhte. Und es war so, wie er vermutet hatte: Die Polizei wusste weniger, als die Presse berichtet hatte.

Das änderte sich allerdings im Laufe des Vormittags, denn inzwischen gab es Neuigkeiten aus Hamburg. Henry Krohn hatte seine Kollegen Malte Krug und Hinnerk Petersen nämlich über den Briefentwurf, den man auf Kolevs PC gefunden hatte, unterrichtet. Diese sensationelle Nachricht löste nicht nur Verwunderung sondern auch heftige Aktivitäten aus.

Malte Krug nahm mit seinem Assistenten Henning Brock die nächste Fähre nach Wittdün. Zuvor hatte er Hinnerk Petersen informiert, dass er einen richterlichen Durchsuchungsbeschluss für das „Gasthaus zum Pharisäer" mitbringen würde. Hinnerk solle sich mit seiner Mannschaft bereithalten, man wolle den Laden „auf den Kopf stellen".

Das ganze kam Hinnerk sehr seltsam vor. Was sollte denn wohl sein Freund Nils Hansen mit der ganzen Angelegenheit zu tun haben? Ein Erpresserbrief an Hansen? Nicht vorstellbar. Nils hätte sich doch wohl als erste Reaktion auf einen derartigen Brief an die Polizei auf Amrum gewandt.

Aber gut, wenn seine vorgesetzte Dienststelle eine Hausdurchsuchung angeordnet hatte, musste er sich wohl oder übel fügen und mitmachen. Dass eine solche Maßnahme in Norddorf viel Staub aufwirbeln und vielleicht auch dem Tourismus schaden könnte, war den Verantwortlichen sicher nicht in ausreichendem Maße klar. Immer diese vorschnellen Entschlüsse. Er hätte ein klärendes Gespräch mit Nils Hansen vorgezogen. Auch auf diesem Weg hätte man klären können, was es mit dem Briefentwurf auf Kolevs Rechner auf sich hatte.

Einen Moment spielte Hinnerk mit dem Gedanken, seinen Freund Nils Hansen über die bevorstehende Hausdurchsuchung zu informieren. Dann besann er sich doch schnell auf seine Dienstpflichten und verwarf diesen Gedanken, dessen Ausführung ihn unausweichlich den Job gekostet hätte, abgesehen von dem Strafverfahren, das ihm zusätzlich sicher gewesen wäre.

Die geplante Aktion ließ ihm trotzdem keine Ruhe, deshalb rief er Maximilian Reischl an, auf dessen Einschätzung er großen Wert legte. Ihn hatte er inzwischen als kompetent, besonnen und guten Ratgeber kennengelernt. Maximilian erhielt den Anruf von Hinnerk, als er gerade mit Resi auf dem Weg in das „Strandrestaurant" in Norddorf war. Sie hatten Hunger.

„Hallo, Maximilian, ich muss dich dringend sprechen." Hinnerk klang ein wenig aufgeregt.

Maximilian mochte den knorrigen Insulaner sehr, deshalb wollte er ihm selbstverständlich den Wunsch nach einem Gespräch nicht abschlagen.

„Kein Problem, Hinnerk, heute Abend in der ‚Blauen Maus'?"

„Nein, das geht nicht, es muss sofort sein, Malte Krug ist auf dem Weg nach Amrum. Ich möchte dich sprechen, bevor er hier auftaucht." Maximilian entnahm dem Tonfall, dass es wirklich dringend und für Hinnerk offensichtlich sehr wichtig war.

„Also gut, ich bin mit Resi in der ‚Strandhalle' in Norddorf. Kannst du hierher kommen?"

„Ich bin schon unterwegs." Hinnerk wusste, dass ihm genau 1 ½ Stunden blieben, bis Malte Krug mit der kompletten Suchmannschaft in Wittdün ankommen würde. Die Zeit musste er für das Gespräch mit Hinnerk nutzen. Die Zeit war knapp, dennoch verkniff er sich, auf der Fahrt von Nebel nach Norddorf das Blaulicht einzuschalten. Es musste auch so gehen.

In der Strandhalle hatten Resi und Maximilian gerade ein gut gezapftes Pils serviert bekommen, als Hinnerk hereinstürmte.

Nach kurzer Begrüßung – Hinnerk verzichtete auf die Einladung, mit ihnen zusammen zu essen, er sei viel zu aufgeregt und hätte überhaupt keinen Appetit – schilderte er in aller Eile, was ihm bisher in diesem verworrenen Fall bekannt war. Nach Lage der Dinge, so fügte er zum Schluss seine eigene Einschätzung hinzu, sei ja wohl klar, dass der oder die Täter in Hamburg zu suchen seien. Die Alibis der Verdächtigen seien ja schließlich gar nichts wert und offensichtlich gekauft oder erzwungen worden.

Maximilian nahm einen tiefen Schluck von seinem Pils – Hinnerk hatte sich lediglich eine Tasse Tee bestellt –, lehnte sich zurück und sagte seine Meinung:

„Hinnerk, kann es sein, dass du den Tatsachen ausweichen willst, weil du mit dem Wirt vom ‚Gasthaus zum Pharisäer' befreundet bist und seit Jahren mit ihm Skat spielst? Als Polizist musst du Gefühle manchmal ignorieren. Was ist, wenn Nils Hansen tatsächlich einen Erpresserbrief bekommen hat?"

Hinnerk blickte irritiert: „Das halte ich für ausgeschlossen. Er hätte mit mir gesprochen. Außerdem gibt es keinen Grund, ihn zu erpressen. Was sollte dahinter stecken?"

Maximilian ließ nicht locker: „In dem Brief ist von dem Neubau des Gasthauses die Rede. Hast du eine Ahnung, was das bedeuten könnte?"

„Ach die Geschichte. Nach dem Brand wurde das Haus in kurzer Zeit wieder aufgebaut. Da gab es Gerüchte auf der Insel, dass nicht alles mit rechten Dingen zugegangen sei. Man hörte den einen oder anderen neidischen Kommentar. Aber da ist nichts dran. Silke und Nils Hansen sind ganz seriöse Leute."

Hinnerk legte sich ins Zeug, um Maximilian zu überzeugen.

Resi saß die ganze Zeit schweigend daneben und dachte sich: „Schon wieder. Er kann es einfach nicht lassen. Auch im Urlaub ist mein Mann Kriminalbeamter."

Hinnerk schaute auf die Uhr und sprang auf: "Ich muss los. Danke Resi, danke Maximilian."

Maximilian schüttelte den Kopf und meinte zu Resi: „So wie ich das einschätze, kann das für ihn sehr enttäuschend laufen."

***

28

Was Hauptkommissar Henry Krohn nicht erwartet hatte geschah. Wiebke Jansen meldete sich kurz nachdem die Durchsuchung in der Wohnung Kolevs beendet war telefonisch und deutete an, dass sie sich an einen Vorgang erinnere, der möglicherweise für die Ermittlungen im Fall Kolev bedeutsam sein könne. Krohn zeigte großes Interesse und fragte sie: „Können Sie aufs Revier kommen? Dann nehmen wir Ihre Aussage hier zu Protokoll und Sie können gleich unterschreiben. Wo sind Sie? Ich lasse Sie abholen."

So geschah es. Nach einer halben Stunde saß Wiebke vor Krohn und schilderte:

„Wie sie ja wissen, habe ich früher im ‚Gasthaus zum Pharisäer' in Norddorf gearbeitet. Durch den Brand habe ich damals meinen Job und meine Wohnung auf Amrum verloren. Meine Freundin Anna, bei der ich auch jetzt wieder wohne, hatte mich vorübergehend aufgenommen, bis ich Boris, ich meine Herrn Kolev, kennengelernt habe und später zu ihm gezogen bin.

Ich habe ihm viel über meine frühere Arbeit auf Amrum erzählt. Er hatte Verständnis dafür, dass ich der Zeit auf Amrum immer nachgetrauert habe, es hat mir nämlich dort sehr gut gefallen.

Irgendwann habe ich ihm auch berichtet, dass ich ungewollt Zeuge eines Gesprächs zwischen Frau und Herrn Hansen geworden war."

Jetzt wurde es für Krohn interessant: „Um was ging es in diesem Gespräch?"

„Offensichtlich stimmte irgendetwas mit der Versicherung nicht. Herr Hansen sagte zu seiner Frau, sie solle sich beruhigen, die Polizei würde nicht weiter ermitteln und der Sachverständige der Versicherung hätte den vollen Schaden bereits bestätigt, weil auch die Feuerwehr nichts bemerkt hätte. Dann sagte Frau Hansen noch, sie hätte Angst, ins Gefängnis zu müssen. Sie hätte schon bereut, dem Plan zugestimmt zu haben. Mehr konnte ich nicht hören, weil dann die Tür zum Flur geschlossen wurde."

„Wo fand denn dieses Gespräch statt? Das Gasthaus gab es ja nicht mehr."

„Die Hansens besitzen in der Nachbarschaft ein Ferienhaus, in dem sie nach dem Brand wohnten und in dem ich auch für kurze Zeit bis zu meinem Umzug nach Hamburg ein Zimmer hatte."

Wiebke schien nach diesem Bericht erleichtert. „Kann ich jetzt gehen?"

Krohn hatte mit großem Interesse zugehört und fühlte, dass sich da eine neue Spur aufgetan hatte.

„Einen kleinen Moment noch bitte, Frau Jansen. Sie müssen das Protokoll noch unterschreiben, dann bringen wir sie wieder zurück."

***

29

Der Inhalt der Aussage von Wiebke Jansen wurde Malte Krug kurz vor dessen Aufbruch nach Amrum übermittelt. Hocherfreut gab er die Information während der Überfahrt nach Amrum an seinen Assistenten Henning Brock weiter.

„Na, das ist ja mal eine Neuigkeit. Jetzt macht die Durchsuchung im ‚Gasthaus zum Pharisäer' erst richtig Sinn. Ich habe ja schon immer geahnt, dass die mit dem Neubau getrickst haben."

Henning Brock hatte das Gefühl, dass es jetzt richtig spannend werden könnte. Dennoch bezweifelte er die Erfolgsaussichten der geplanten Maßnahme.

„Aber Chef, das kann doch mit dem gewaltsamen Tod nichts zu tun haben. Ich denke, da haben wohl eher irgendwelche Geschäftspartner Kolevs aus Hamburg ihre Finger im Spiel."

„Warten wir's ab", war die knappe Antwort.

Dann bestellte Malte Krug sich einen Tee und schaute einem Krabbenkutter zu, der auf der Backbordseite zu sehen war. In Gedanken war er schon in Norddorf bei der Durchsuchung, von der er annahm, dass sie der entscheidende Schritt zur Klärung dieses Falls sein würde.

Als er mit seinem Assistenten und weiteren fünf Beamten der Kripo in Norddorf beim „Gasthaus zum Pharisäer" ankam, wurde er von Hinnerk Petersen und Ingo Reiter schon erwartet.

„Moin", war die kurze, hier auf der Insel übliche Begrüßung.

„Moin", gab Hinnerk zurück, „ist der Staatsanwalt nicht dabei?"

„Warum? Das machen wir allein." Malte Krug klang sehr selbstbewusst, er brauchte keine Unterstützung, so dachte er.

Als sie das Wirtshaus betraten, kamen ihnen Silke und Nils Hansen im Foyer entgegen. Sie waren in Begleitung eines Herrn, den Malte Krug bereits auf der Fähre gesehen aber nicht hier beim Ehepaar Hansen erwartet hatte. Es handelte sich um den ihm sehr wohl bekannten Anwalt Sönke Friedrichsen aus Niebüll, mit dem er schon so manchen Strauß ausgefochten hatte. Leider war es auch schon vorgekommen, dass er vor Gericht insofern den Kürzeren gegenüber Friedrichsen gezogen hatte, weil die präsentierten Beweise dem Richter nicht ausgereicht hatten. Letztlich war es zwar ein verlorener Prozess aus der Sicht der Staatsanwaltschaft, aber er als ermittelnder Beamter musste sich den Vorwurf anhören, schlampig gearbeitet zu haben.

Nun stand ausgerechnet dieser gewiefte Anwalt vor ihm. Was hatte er hier zu suchen? Von dem Durchsuchungsbefehl konnte er ja nichts wissen. Oder gab es eine undichte Stelle bei Gericht?

Kommissar Hinnerk Petersen hielt sich im Hintergrund, er wusste nämlich genau, warum Sönke Friedrichsen heute ganz zufällig im „Gasthaus zum

Pharisäer" zu Gast war. Und deshalb fühlte er sich überhaupt nicht wohl in seiner Haut. Hätte er das Debakel mit der drohenden Durchsuchungsaktion verhindern können? Wohl kaum. Seinen Freund warnen? Das hätte nichts geändert und kam für ihn auch nicht in Frage.

Um die Dinge nicht ganz sich selbst zu überlassen, hatte er den Anwalt Sönke Friedrichsen angerufen und ihm empfohlen, schnellstens zu Nils Hansen nach Norddorf zu fahren. Mehr könne er dazu nicht sagen. Aber nach seinen Informationen brauche der sofort anwaltliche Hilfe. Friedrichsen, als Freund der Familie, hielt sich nicht lange mit Rückfragen auf sondern startete sofort Richtung Amrum.

Auf der Fähre sah er mehrere Polizeifahrzeuge, die glücklicherweise nach ihm auf die Fähre gefahren waren. Falls dieser Einsatz wirklich mit seinem Freund in Norddorf zu tun haben würde, hätte er die Chance, vor der Polizei in Norddorf zu sein. Es sein denn, die Beamten würden sich mit Blaulicht über die Insel bewegen. Aber das war nicht zu erwarten und auch nur bei Gefahr im Verzug zulässig.

Silke und Nils Hansen waren von dem plötzlichen Besuch ihres Anwalts überrascht und konnten sich angeblich überhaupt nicht vorstellen, was das Ganze wohl zu bedeuten hatte.

„Wenn Hinnerk Petersen mir einen solchen Hinweis gibt, dann nehme ich ihn ernst. Bin mal gespannt, was dahinter steckt. Was habt ihr zu befürchten?" Bei dieser Frage schaute Friedrichsen abwechselnd Silke und Nils an, die ihm aber keine Antwort gaben.

„Na schön, dann lasse ich mich mal überraschen." Eigentlich mochte Friedrichsen überhaupt nicht, dass er in einer solchen Situation nicht bestens vorbereitet war.

***

30

Als Malte Krug Nils Hansen den Durchsuchungsbescheid unter die Nase hielt, schien der nicht sehr überrascht zu sein. Er hielt sich auch mit Kommentaren zurück, obwohl ihm einiges eingefallen wäre. Eigentlich empfand er diesen erneuten „Überfall" der Polizei als ziemliche Frechheit. Hatte man nicht bereits das Gästezimmer, in dem Boris Kolev gewohnt hatte, vergeblich durchsucht? Was sollte die erneute Suche nach Spuren wohl noch bringen? Er unterdrückte seinen Ärger und schwieg. Das hatte ihm jedenfalls sein Anwalt dringend empfohlen.

Stattdessen richtete nun Sönke Friedrichsen das Wort an Malte Krug:

„Was suchen Sie konkret?", wollte er wissen.

„Wir sind nicht verpflichtet, Ihnen darüber Auskunft zu geben. Sagen Sie Ihrem Mandanten, dass er die Durchsuchung erlauben muss."

Malte Krug hatte keine Lust, sich mit diesem Advokaten einzulassen. Er hatte nicht die besten Erinnerungen an Auseinandersetzungen mit ihm. Deshalb ließ er Friedrichsen einfach stehen und steuerte auf die Tür mit der Aufschrift „Büro" zu, die nicht verschlossen war. Malte Krug bat seine Beamten zu folgen und mit der Durchsuchung im Büro zu beginnen. Er ging davon aus, dass – wenn überhaupt – der Erpresserbrief hier zu finden wäre.

Friedrichsen und Hansen waren ihm gefolgt und erlebten, wie die Beamten die Schubaden des Schreibtisches öffneten und mehrere Stapel Unterlagen herausnahmen.

„Halt, meine Herren", mischte Friedrichsen sich ein, „für den Fall, dass es um irgendwelche Unterlagen gehen sollte, will ich Sie auf folgenden Punkt hinweisen: Sollten Sie die Absicht haben, in den Papieren herumzuwühlen, wissen Sie ja, dass dazu gemäß § 110 Abs. 1 StPO nur der Staatsanwalt befugt ist. Sie würden also bei Zuwiderhandlung eine Dienstaufsichtsbeschwerde riskieren, die Ihrer Karriere mächtig schaden würde. Aber das wissen Sie ja. Und einen Staatsanwalt haben Sie doch nicht mitgebracht, oder?"

Tatsächlich ist es so, dass andere Beamte – auch Polizeibeamte – zur Durchsicht aufgefundener Papiere nur dann befugt sind, wenn es der Besitzer ausdrücklich genehmigt. Diese Genehmigung war jedoch Nils Hansen keineswegs bereit zu erteilen. Sein Anwalt widersprach demzufolge im Auftrag seines Mandanten der Durchsicht der Papiere.

Natürlich kannte Malte Krug diesen Paragraphen der StPO. Mit einem grimmigen Blick auf Nils Hansen erklärte er deshalb:

„Selbstverständlich werden wir uns im Rahmen der Gesetze bewegen. Wenn wir die Papiere nicht durchsehen dürfen, werden wir gem. § 110 Abs. 2

der StPO alles einpacken und mitnehmen. Die Unterlagen werden versiegelt und der Staatsanwaltschaft übergeben. Ist es so recht, Herr Anwalt?"

„Tun Sie, was Sie nicht lassen können!" Friedrichsen ärgerte sich, nichts dagegen einwenden zu können. Aus seiner Sicht wäre es sicher besser gewesen, wenn Hansen die Sichtung der Unterlagen erlaubt hätte. Diesen riesigen Aufwand hätte man wirklich vermeiden können. Was sollte denn schon geschehen? Hansen hatte sich doch nichts vorzuwerfen, oder war er ihm gegenüber, seinem Anwalt, nicht ehrlich gewesen?

Die Beamten holten Verpackungsmaterial aus den Fahrzeugen und verstauten alle Akten in Umzugskisten, die bei derartigen Einsätzen immer verfügbar sein mussten.

Nach dem Büro waren die anderen Räume an der Reihe. Nils Hansen hätte wissen müssen, dass sich mangelnde Kooperationsbereitschaft in aller Regel nachteilig auf die Folgen einer Hausdurchsuchung auswirken konnte. Auch hier im „Gasthaus zum Pharisäer" lief es so.

Silke Hansen war einem Zusammenbruch nahe. Wie sollte sie jemals wieder Ordnung schaffen? Es gab keinen Winkel im Haus, der nicht bis ins Detail untersucht worden war. Sie war wütend auf den Freund ihres Mannes, Hinnerk Petersen, der während der ganzen Aktion kein einziges Wort von sich gegeben hatte. Von ihm hätte man doch wohl erwarten können, dass er diese Übergriffe der Polizei verhindern würde. Schöne Freunde, die einem nicht zur Seite standen, wenn man sie brauchte. So dachte sie.

Neben einer ansehnlichen Zahl von Kartons und Kisten, gefüllt mit Ordnern und diversen Dokumenten wurden von den Beamten auch die beiden Laptops aus dem Büro mitgenommen. Nachdem Nils Hansen eine Quittung mit ausführlicher Auflistung der beschlagnahmten Akten und Gegenstände ausgehändigt worden war, verschwand der „Suchtrupp", wie Hansen die rücksichtslosen Beamten genannt hatte. Lediglich Malte Krug verabschiedete sich kurz und knapp:

„Also, das war es. Sie hören von uns."

Damit war Nils Hansen noch nicht zufrieden. Er hatte während des Einsatzes seine Autoschlüssel abliefern müssen und beobachtet, wie ein Beamter sich an seinem Wagen, der vor dem Restaurant auf dem Parkplatz stand, zu schaffen gemacht und die Türen versiegelt hatte.

„Und was ist mit meinem Wagen?" wollte er deshalb von Malte Krug wissen.

„Der ist beschlagnahmt und wird noch heute für eine Untersuchung durch die KTU abgeholt."

Diese Antwort erfolgte in einem eher unfreundlichen Ton. Malte Krug war verärgert, weil die Durchsuchung zunächst ohne Ergebnis geblieben war und Nils Hansen sich als ziemlich stur erwiesen hatte. Wenn man unschuldig war, konnte man doch die Polizei bei ihrer Arbeit unterstützen, oder? Die Haltung von Nils Hansen war einer vernünftigen Zusammenarbeit wohl kaum förderlich. Dabei müssten doch alle Beteiligten an einer zügigen Aufklärung dieses Falls interessiert sein. Das war die Überzeugung von Malte Krug.

***

31

Kurze Zeit später saß das Ehepaar Hansen mit Anwalt Sönke Friedrichsen und Hinnerk Petersen im Nebenzimmer des Wirtshauses. Die Stimmung war gedrückt.

Als erster fand Nils Hansen seine Fassung wieder und verkündete: „Darauf brauche ich erst einmal einen Köm."

Er stand auf, verließ den Raum und kam nach kurzer Zeit mit einer Runde Aquavit zurück. Wortlos wurden die Gläser mit einem Schluck geleert. Dann dauerte es eine ganze Weile, bis sich der Anwalt Sönke Friedrichsen zu einem „Un wat nu?" durchrang.

Es gab keine Antworten.

Friedrichsen versuchte es erneut: „Sag mal Hinnerk, was hast du dir eigentlich dabei gedacht? Was sollte der Hinweis, ich würde hier dringend gebraucht? Was weißt du eigentlich?"

Hinnerk rutschte auf seinem Stuhl hin und her, sein Gesicht nahm eine Farbe an, die überhaupt nicht zur Raumtemperatur passte. Man sah ihm an: Er war in Schwierigkeiten. Jetzt bereute er seinen Vorstoß, mit dem er genau genommen nichts bewirkt hatte. Er wollte doch nur seinem Freund helfen und hatte gehofft, dass die Anwesenheit eines Anwalts bei den Aktivitäten von Malte Krug von Vorteil sein würde. Insgeheim hatte er auch darauf spekuliert, diesem arroganten Hauptkommissar die Tour vermasseln zu können. Aber das war nun gründlich in die Hose gegangen. Er würde froh sein können, wenn ihm aus diesem Dienstvergehen nicht noch große Schwierigkeiten entstehen würden.

Und zum Ehepaar Hansen gerichtet fragte Friedrichsen: „Gibt es irgendetwas, was ich wissen sollte? Habt ihr mir etwas verschwiegen?"

Silke Hansen senkte den Kopf und deutete damit an, dass sie keine Absicht hatte, sich zu äußern. Anders Nils Hansen, der selbstbewusst behauptete:

„Es gibt nichts, ich weiß beim besten Willen nicht, was die hier gesucht haben. Nur weil der Tote aus dem Strandkorb in unserem Haus gewohnt hat, machen die einen derartigen Aufstand, unmöglich!"

Friedrichsen hatte das Gefühl, dass doch mehr dahinter stecken könnte. Aber allem Anschein nach würde er hier wohl nicht mehr erfahren. Silke und Nils mauerten offensichtlich und von Hinnerk konnte er wohl auch keine Klärung erwarten. Der hatte sich mit dem Hinweis, die Hansens bräuchten ganz schnell einen Anwalt an ihrer Seite, es drohe Unheil, ohnehin schon sehr weit dem Fenster gelehnt.

Friedrichsen, der wegen der spontanen Fahrt nach Amrum einen Termin mit einem anderen Mandanten auf dem Festland abgesagt hatte, sah für seine weitere Anwesenheit keine Notwendigkeit und verabschiedete sich:

„Ich kann hier nichts mehr machen. Wir müssen abwarten, was uns die Kripo präsentiert. Ich werde in Niebüll Akteneinsicht betragen, damit ich erfahre, was konkret vorliegt und welche verwertbaren Beweise die Staatsanwaltschaft zur Verfügung hat. Und jetzt habe ich noch einen wichtigen Termin. Ich muss mich beeilen, damit ich die nächste Fähre kriege."

Dann stieg er in seinen Wagen und verschwand Richtung Wittdün, zum Fähranleger.

Ziemlich ratlos blieben Silke und Nils Hansen mit Hinnerk Petersen zurück. Hinnerk machte noch einen Versuch, von den beiden Informationen zu bekommen:

„Also, ich bin jetzt nicht mehr dienstlich hier, sondern privat und als euer Freund. Mir könnt ihr vertrauen. Was ist passiert? Habt ihr etwas mit dem Tod von Boris Kolev zu tun?"

Silke und Nils schauten ihn irritiert an und Silke fragte ihn erstaunt: „Glaubst du wirklich, wir würden dir nicht die Wahrheit sagen? Wir haben keine Ahnung, was die Kripo bei uns gesucht hat." Dann stand sie auf und verschwand mit der Bemerkung in der Küche: „Ich mache uns erstmal einen Tee."

Wie man weiß, hängt die Wirkung des schwarzen Tees von der Zeit ab, die man ihn ziehen lässt. Bis zu 3 Minuten Ziehzeit wirkt er anregend, ab 3-5 Minuten dagegen beruhigend. Und letzteres bezweckte Silke, die sich natürlich mit der auf Amrum üblichen Teezeremonie genauestens auskannte.

Der Tee erfüllte die in ihn gesetzten Erwartungen. Die Aufregung hatte sich gelegt und man sah dem, was da kommen sollte, gelassen entgegen.

Jetzt war für Silke auch der richtige Zeitpunkt gekommen, bei Hinnerk nachzufragen:

„Sag mal Hinnerk, warum hast Du schweigend zugesehen, als diese Chaoten unser Haus auf den Kopf gestellt haben? Du hättet das doch wohl verhindern können."

„Konnte ich nicht. Ich kann meiner vorgesetzten Dienststelle schließlich keine Vorschriften machen. Und außerdem gibt es einen richterlichen Beschluss. Da kann man gar nichts machen. Ihr solltet mir dankbar sein, dass ich euren Anwalt informiert habe. Da habe ich meine Kompetenzen schon weit überschritten." Hinnerk empfand die Kritik von Silke reichlich ungerecht.

„Er hat Recht", stimmte Nils ihm zu. „Wir können ihm keinen Vorwurf machen. Ich denke, es ist dieser Malte Krug, der uns fertigmachen will."

Dazu wollte Hinnerk sich nun nicht mehr äußern, er verabschiedete sich und ließ Silke und Nils zurück. Was die beiden sich dann zu sagen hatten, hätte die Kripo sicher sehr interessiert.

***

32

Hauptkommissar Malte Krug staunte nicht schlecht, als er das Ergebnis der KTU auf seinem Schreibtisch hatte. Die Überprüfung der im „Gasthaus zum Pharisäer" beschlagnahmten Unterlagen brachte keine Erkenntnisse, die etwa im Zusammenhang mit der Leiche im Strandkorb stehen würden. Es wurde allerdings offensichtlich, dass man es in diesem doch so überaus gut beleumdeten Haus mit der Steuerehrlichkeit nicht besonders genau genommen hatte. Da gab es z.B. eine Vielzahl von Einkaufsbelegen über alkoholische Getränke, die mit einem handschriftlichen *„nicht buchen, bar bezahlt"* versehen waren. Nur ein Bruchteil des Volumens, dessen Einkauf hier belegt wurde, erschien in den Umsatzangaben, was den Schluss zuließ, dass Alkohol ausgeschenkt wurde, der zu beachtlichen Schwarzgeldeinnahmen geführt hatte.

„Das ist ein Fall für die Steuerfahndung", murmelte Malte Krug und widmete sich den weiteren Ausführungen, die für ihn sehr viel interessanter waren. Da war zunächst der Laptop von Nils Hansen, auf dem die Ermittler eine große Zahl von bereits gelöschten Dateien wieder lesbar gemacht hatten. Der wichtigste Fund: Unter den gelöschten E-Mails befand sich doch tatsächlich der Erpresserbrief, von dem ein Entwurf auf dem Rechner von Boris Kolev gefunden worden war. Endlich eine heiße Spur!

Diesen Zusammenhang würde Nils Hansen wohl erklären müssen!

Aber es kam noch besser: Die Forensiker hatten bei der Untersuchung des beschlagnahmten Fahrzeugs im Kofferraum DNA-Spuren von Boris Kolev gefunden. Kolev war offensichtlich mit diesem Wagen zum Strand transportiert worden.

Malte Krug fand, diese Hinweise müssten ausreichen, Nils Hansen einen Haftbefehl zu präsentieren, was der zuständige Richter genauso sah.

Und so kam es, dass zwei Tage nach der Hausdurchsuchung die Kripo dem „Gasthaus zum Pharisäer" erneut einen Besuch abstattete und Nils Hansen erklärt wurde, er sei wegen des dringenden Verdachts Boris Kolev getötet zu haben vorläufig festgenommen.

Nils wurde zunächst blass, dann stieg ihm die Zornesröte ins Gesicht, so dass man fürchten musste, er würde sogleich einen Infarkt erleiden. Die ganze Wut und Entrüstung entlud sich:

„Seid ihr wahnsinnig? Was soll ich verbrochen haben? Einen Mord wollt Ihr mir anhängen? Ich will sofort meinen Anwalt sprechen!"

Die Reaktion von Nils Hansen kam für Malte Krug nicht überraschend. Er hatte schon viele Verhaftungen vollzogen und sehr oft ähnliche Verhaltensmuster erlebt. In den meisten Fällen wurde auf unschuldig gespielt und eine Schau der Entrüstung inszeniert. Oft genug hatten sich die Verdächtigen ja hinterher auch als unschuldig erwiesen. Aber in diesem Fall? Zu eindeutig waren die Beweise. Der Staatsanwalt würde einen einfachen Job zu erledigen haben.

Malte Krug erklärte: „Natürlich können Sie Ihren Anwalt sprechen. Rufen Sie ihn an. Am besten, er kommt gleich aufs Präsidium. Dann kann er erleben, wie Sie unter der Beweislast zusammenbrechen."

Diese Antwort Krugs war sicher eine Spur zu überheblich. Aber er konnte es nun mal nicht leiden, wenn er hinters Licht geführt wurde oder es den Anschein hatte, man würde ihn nicht ernst nehmen. Dann konnte er ausgesprochen fies werden. Man merkte ihm an, dass die Verhaftung Nils Hansens bei ihm mit einer gehörigen Portion Schadenfreude einherging. Schließlich hatte dieser ihn bei der Hausdurchsuchung nicht sehr freundlich behandelt. Und nun konnte er ihn festnehmen – endlich! Nach der Beweislage war alles weitere ja wohl nur noch Formsache.

Doch das war ein Irrtum.

***

33

Sönke Friedrichsen, der Anwalt von Nils Hansen, war rechtzeitig im Polizeipräsidium erschienen, um dem Verhör des Tatverdächtigen beizuwohnen.

Natürlich hatte er seinem Mandanten vorher eingebläut, um Gottes Willen keine Aussage zu machen.

Als Nils Hansen die erdrückenden Beweise – Erpresserbrief auf seinem Rechner und DNA-Nachweis des Toten im Kofferraum seines Fahrzeugs – präsentiert wurden, zuckte er nur mit den Schultern und sagte: „Ich bin unschuldig."

Da er auch nach mehrmaliger Nachfrage nicht bereit war, eine Aussage zu machen, wurde das Verhör kurzerhand durch Malte Krug mit der Bemerkung beendet: „Herr Hansen bleibt in Untersuchungshaft."

Das wollte der Anwalt Sönke Friedrichsen in dieser Form nicht unwidersprochen hinnehmen. Er hielt Malte Krug vor, dass über die Untersuchungshaft immer noch der Haftrichter zu entscheiden habe und nicht etwa besonders dienstbeflissene Polizisten.

„Die meinem Mandanten vorgehaltenen angeblichen Beweise sind keineswegs stichhaltig. Auf seinem Rechner wurde ein Erpresserbrief gefunden. Was besagt das schon? Der Brief wurde gelöscht. Daraus zu folgern, mein Mandant hätte mit dem Ableben von Boris Kolev zu tun, ist absurd."

Friedrichsen hatte sich in Rage geredet: "Auch die Spuren im Kofferraum des Fahrzeugs sind nicht beweiskräftig. Das Fahrzeug wird nicht nur von Herrn Hansen benutzt. Der Schlüssel zum Fahrzeug ist jederzeit auch anderen zugänglich, weil der Wagen auch von verschiedenen Mitarbeitern benutzt wird, z.B. für Einkäufe. Wurde in diese Richtung ermittelt? Meines Wissens nicht. Es besteht also kein hinreichender Verdacht, der eine Untersuchungshaft meines Mandanten rechtfertigen würde. Und Fluchtgefahr besteht schon gar nicht. Deshalb verlange ich, dass mein Mandant unverzüglich freigelassen wird."

Dieser Forderung wurde nicht entsprochen. Der Untersuchungsrichter kam nämlich zu einer anderen Bewertung der vorliegenden Beweise und hielt vielmehr die Anordnung der Untersuchungshaft nicht nur für zulässig sondern für dringend geboten. Und so kam es, dass Nils Hansen eine wenig bequeme Unterkunft in der Justizvollzugsanstalt Flensburg zugewiesen wurde.

Sönke Friedrichsen suchte beim Abschied tröstende Worte für Nils: „Mach dir keine Sorgen, ich hole dich da schnell wieder raus. Ich werde sofort einen Haftprüfungstermin beantragen. Und dann sehen wir weiter."

***

34

Auf der Rückfahrt zu seinem Büro erreichte Sönke Friedrichsen ein Anruf. Silke Hansen war am Telefon: „Sönke, ich muss dich unbedingt sprechen, es eilt!" Ihre Stimme ließ darauf schließen, dass sie sehr aufgeregt war.

„Hallo Silke, was ist passiert? Geht es um Nils? Der ist in Untersuchungshaft. Aber ich hole ihn da umgehend wieder raus, versprochen."

„Trotzdem, ich muss dich sprechen, und zwar sofort." Es klang wirklich dringend.

Sönke schaute auf die Uhr. Es war inzwischen später Nachmittag. Er würde zwar noch eine Fähre nach Amrum erwischen, aber es wohl nicht mehr auf das Festland zurück schaffen. „Können wir uns morgen sehen?" fragte er deshalb Silke.

„Nein, komm bitte sofort. Du kannst hier bei uns im Hotel übernachten." Sie ließ nicht locker.

„Also gut", gab er widerwillig nach, „weil du es bist."

Er fühlte sich in gewisser Weise verpflichtet, diesem dringenden Wunsch zu entsprechen. Es ging schließlich um einen sehr wichtigen Mandanten -

auch unter wirtschaftlichen Gesichtspunkten. Wegen der Übernachtung in Norddorf würde er allerdings einen Termin, den er ungern verpasste, nicht wahrnehmen können. Jeden 2. und 4. Montag im Monat trafen sich die Mitglieder des Rotary-Clubs, Niebüll, im „Friesenhof" zu ihrer regelmäßigen Sitzung, an der Friedrichsen wenn nur irgend möglich teilnahm. Der Rotary-Club war für neue Kontakte und damit häufig auch für neue Mandanten eminent wichtig. Aber gut, heute waren nun mal die Interessen von Silke Hansen vorrangig.

Als Friedrichsen das Büro im „Gasthaus zum Pharisäer" betrat, fand er eine in Tränen aufgelöste, völlig fassungslose Silke Hansen vor.

„Endlich bist du da", schluchzte sie und fiel Sönke Friedrichsen in die Arme. „Ich bin verzweifelt und weiß nicht, was ich tun soll."

„Beruhige dich, was ist passiert?" Friedrichsen war einigermaßen überrascht, die sonst so energische und disziplinierte Silke in dieser Verfassung anzutreffen.

Schluchzend fragte sie ihn: „Willst du was trinken?"

Angesichts der Tatsache, dass er hier wohl würde übernachten müssen, konnte er sich wohl einen

Whisky erlauben. Das war auch das dieser Situation angemessene Getränk, wie er fand.

„Lass uns zusammen einen Whisky trinken und dann erzählst du mir, was los ist."

Eine Bedienung brachte kurz darauf eine Flasche Dalmore, Single Malt von den Schottischen Highlands, 15 Jahre alt, und 2 Gläser.

Sönke Friedrichsen übernahm das Einschenken und dachte dabei: „ Au weh, so ein edles Tröpfchen, dann wird das hier wohl wirklich wichtig sein!"

Nach dem ersten Schluck schauten sie sich lange an, bis er begann: „Also, was ist passiert?"

„Nils sitzt im Gefängnis und ich habe Schuld!" Jetzt schluchzte sie wieder. Der Papierkorb war bereits mit Papiertaschentüchern halb gefüllt.

„Jetzt mal langsam und ganz von vorne. Ja, Nils ist in U-Haft. Aber nicht lange, verlass dich drauf." Jetzt wurde Friedrichsen ungeduldig und neugierig.

„Also, du hast doch von diesem Brief gehört?" fragte Silke.

„Du meinst diesen Erpresserbrief aus Hamburg?" Langsam ahnte Friedrichsen, dass die beiden gegenüber der Polizei gelogen hatten. Aber warum? Eine Erpressung zeigte man bei der Polizei an, meistens wurden Erpresser gefasst und verurteilt.

„Ja, und dann wohnte doch dieser Kolev bei uns. Eines Abends erschien er spät in der Küche. Das Personal war schon weg. Nils und ich haben den Plan für den nächsten Tag besprochen. Dann ging Kolev auf Nils zu und forderte ziemlich unverschämt wie angekündigt die 150.000 Euro. Nils fragte ihn, wie er zu dieser Forderung komme. Dann erzählte Kolev, dass er die Vorgeschichte zu unserem Neubau kenne."

„Ja und, was gibt es da für eine Vorgeschichte?" Friedrichsen hatte zwar damals von den Gerüchten gehört, ihnen aber keine Bedeutung zugeordnet.

„Du bist als Anwalt zur Verschwiegenheit verpflichtet?" Sie wirkte sehr unsicher.

„Aber das weißt du doch. Erzähl weiter." Friedrichsen hoffte jetzt, dass seine Ahnung wirklich nur eine Ahnung war.

„Wir haben damals bei dem Brand etwas nachgeholfen. Da wir kurz vor der Pleite standen, gab es nur eine Rettung. Und das war die Versicherung, die uns den Neubau finanziert und einen Neustart ermöglicht hat. Die Schadensmeldung war ein wenig frisiert."

„Das glaube ich jetzt nicht." Friedrichsen traute seinen Ohren nicht.

„Und jetzt kommt dieser Kolev – weiß der Himmel, woher der diese Informationen hatte – und will von uns 150.000 Euro. Ich sah uns plötzlich vor dem Ende. Brandstiftung, Versicherungsbetrug – wir würden beide lange in den Knast gehen, dachte ich."

„Ich kann dir sagen, woher Kolev von der Brandstiftung und dem Versicherungsbetrug wusste."

Friedrichsen hatte vor dem Verhör von Nils Hansen Einsicht in die Akten verlangt und von der Aussage erfahren, die Wiebke Jansen bei Hauptkommissar Henry Krohn gemacht hatte. Silke schaute ihn ungläubig an.

„Du kennst doch Wiebke Jansen?", fragte Friedrichsen.

„Ja natürlich, sie hat lange bei uns im Service gearbeitet. Was hat sie damit zu tun?" Da konnte sie sich nun wirklich keinen Zusammenhang vorstellen.

Friedrichsen klärte sie auf: „Wiebke Jansen war mit Kolev liiert und wohnte bei ihm. Sie hat wohl irgendwann ein Gespräch zwischen dir und Nils mitgehört und dabei erfahren, was ihr angestellt hattet."

„Diese Schlange, sie ist an allem schuld, ich bringe sie um!", fuhr es aus ihr heraus.

„Langsam, langsam, eine Leiche reicht", besänftigte er sie. „Erzähl mir lieber, was weiter geschah."

„Nils und Kolev standen sich gegenüber. Nils machte einen verzweifelten Eindruck. Ich stand hinter Kolev und habe in der Aufregung den Griff unserer schweren Eisenpfanne erwischt, die noch auf dem Herd stand, und ihm die Pfanne mit voller Wucht seitlich an den Kopf geschlagen. Kolev fiel um wie ein Baum."

„Sag mir, dass das nicht stimmt, Silke."

„Nils und ich, wir waren beide erschrocken. Dann haben wir überlegt, was wir tun sollten. Nils hatte die Idee, Kolev verschwinden zu lassen, aber wie? Später haben wir dann beschlossen, ihn zum Strand zu bringen und ihn in einen Strandkorb zu setzen. Da es schon fast Mitternacht und deshalb die Straße zum Strand menschenleer war, hat das reibungslos funktioniert. Wir hatten natürlich die

Hoffnung, dass man die Spur nicht zurückverfolgen könnte."

Friedrichsen war schockiert und wollte wissen: „Aber das war doch naiv, er hat doch bei euch gewohnt. Da war es klar, dass man zuerst bei euch suchen würde."

Das sah Silke nicht so: „Wieso? Es kommt doch öfter vor, dass Gäste für mehrere Nächte nicht in ihrem Ferienquartier auftauchen. Also kein Grund anzunehmen, dass wir ihn zum Strand gebracht hatten."

„Hat Kolev noch gelebt, als ihr ihn in den Kofferraum und anschließend in den Strandkorb gelegt habt?"

Friedrichsen dachte schon darüber nach, ob er es hier mit Totschlag oder gefährlicher Körperverletzung mit Todesfolge zu tun haben würde. Allem Anschein nach wurde die Tat im Affekt begangen.

„Ob er noch gelebt hat? Das wissen wir nicht. In der Aufregung sind wir davon ausgegangen, dass er tot ist. Sonst hätten wir ihn doch nicht hilflos in den Standkorb gesetzt."

Friedrichsen dachte sich, dass diese Neuigkeiten Anlass genug waren, noch einmal Whisky in die

Gläser zu schenken. Als er damit fertig war, schaute er Silke mit ernstem Blick an und erklärte ihr:

„Silke, ihr sitzt gewaltig in der Tinte. Wie konntet ihr nur? Diese kriminelle Energie hatte ich euch gar nicht zugetraut. Für die Brandlegung und die Vortäuschung des Versicherungsfalls droht euch nach § 263 Abs. 3 StGB eine Freiheitsstrafe von 6 Monaten bis zu 10 Jahren."

„Aber du wirst uns doch verteidigen?" jetzt klang sie ängstlich.

„Natürlich werde ich das. Aber es sollte dir klar sein, dass in deinem Fall noch mindestens 3 Jahre für Körperverletzung mit Todesfolge hinzukommen. Das wird also kein Zuckerschlecken vor Gericht. Wenn man dir nachweist, dass du Kolev wegen des Erpressungsversuchs mundtot machen wolltest, könnte es sogar eine Anklage wegen Mordes werden. Und das würde lebenslänglich bedeuten. Außerdem bleibt die Frage, wie das Gericht den Versuch wertet, die Leiche verschwinden zu lassen. Vorausgesetzt, es war eine Leiche. Wenn Kolev noch lebte, als ihr ihn in den Strandkorb gesetzt habt, könnte es auch unterlassene Hilfeleistung gewesen sein. Aber das wird die Gerichtsmedizin wissen."

Silke fing wieder an zu schluchzen. Offensichtlich wurde ihr so langsam klar, dass ihre Situation aussichtslos war.

„Warum", setzte Friedrichsen fort, „warum kommst du damit ausgerechnet jetzt zu mir? Du siehst in aller Ruhe zu, wie dein Mann verhaftet wird, obwohl du selbst den Erpresser ins Jenseits befördert hast?"

„Ich habe gedacht, sie können uns nichts nachweisen. Aber ... jetzt habe ich Angst, dass Nils ... verurteilt wird, ... dabei habe ich doch den Kolev erschlagen." Den letzten Satz brachte sie nur mit Mühe unter Tränen und Schluchzen heraus.

Der Anwalt schaute sie sehr ernst an: „Liebe Silke, die Lage ist wirklich dramatisch." Und nach einer kleinen Pause: „Du musst dich stellen."

Erschrocken schüttelte sie den Kopf. „Dann werden sie mich auch einsperren."

„Nur wenn ihr beide ein Geständnis ablegt, habt ihr die Chance auf eine relativ milde Strafe. Ich begleite dich. Morgen früh fahren wir nach Niebüll zur Polizei."

Friedrichsen ließ an seiner Entscheidung keinen Zweifel zu. Silke würde sich fügen und der Polizei stellen müssen.

Dass Silke in dieser Nacht kaum Schlaf fand, kann man sicher nachvollziehen. Sie ließ das bisherige Leben an der Seite von Nils Revue passieren und dachte sehnsüchtig an die schönen Zeiten, die sie gemeinsam als Wirtsehepaar im „Gasthaus zum Pharisäer" erlebt hatten. Nach dem Brand, bei dem das Haus ein Opfer der Flammen geworden war, hatten sie mit einem Neubau durchgestartet. Eine überaus erfolgreiche Phase hatte begonnen. Von den „kleinen Unregelmäßigkeiten", die zu dem komfortablen Neubau geführt hatten, war nicht mehr die Rede. Sie waren auf der ganzen Insel als fleißig und erfolgreich bekannt. Niemand störte die Idylle, bis dieser unselige Erpresserbrief eintraf und zu allem Überfluss Boris Kolev sich auch noch bei ihnen einmietete. Hätten sie nur geahnt, dass Kolev hinter diesem Brief steckte, niemals wäre er Gast bei ihnen geworden.

Und nun sollte durch diese Erpressung alles zu Ende gehen? Wieder und wieder schüttelten sie Weinkrämpfe.

Zum Frühstück erschien sie mit verheulten Augen. Sönke Friedrichsen hatte ein wenig Mitleid mit ihr, aber nur ein wenig. Denn wie konnte man so blöd sein, einen Erpresser mit einer Bratpfanne zur Strecke zu bringen?

Natürlich würde er bei der Verteidigung auf Körperverletzung im Affekt plädieren. Aber es war ja nicht nur das Ableben des Boris Kolev zu bewerten, schließlich standen weitere Straftaten zur Aufklärung an, die einen Richter kaum gnädig stimmen konnten.

Silke Hansen und Sönke Friedrichsen nahmen die erste Fähre zum Festland und fuhren direkt zur Kripo in Niebüll, wo das Unheil - jedenfalls aus Silkes Sicht - seinen Lauf nahm.

***

35

Der Urlaub von Resi und Maximilian Reischl neigte sich dem Ende zu. Es waren erholsame Tage gewesen, die allerdings auch einige Aufregung gebracht hatten. Eine Leiche fand man schließlich nicht jeden Tag in seinem Strandkorb. Immerhin hatte es Resi gefreut, dass ihr Maximilian sich doch erstaunlich zurückhaltend gezeigt hatte. Sie war sich absolut sicher, dass er nur zu gern in die Ermittlungen eingegriffen und den Nordlichtern gezeigt hätte, wie man in Bayern mit derlei Vorkommnissen umzugehen pflegte. Maximilian hatte es jedoch bei dem einen oder anderen Gespräch mit dem netten Hinnerk Petersen belassen, was sich auf die Urlaubsstimmung durchaus positiv ausgewirkt hatte. Nun stand noch ein letztes Treffen mit Hinnerk und seiner Frau Imke an. Sie hatten sich im „Friesencafé" in Nebel verabredet, weil Resi allzu gerne noch einmal die leckere Friesentorte genießen wollte. Hinnerk und Imke waren am Abend zu einer Geburtstagsfeier eingeladen, deshalb musste der Abschied auf die Mittagszeit verlegt werden. Es war wieder köstlich und Resi ließ sich von Imke nochmals das Rezept für diese unglaubliche Friesentorte erklären. Die wollte sie unbedingt nachbacken. Schwieriger als ein Bayerischer Zwetschgendatschi würde das ja wohl nicht sein, dachte sie.

Und dann kam der Abschied.

„Schön, dass wir uns kennengelernt haben."
„Schade, dass ihr schon abreisen müsst."
„Wir müssen uns unbedingt wiedersehen."
„Kommt ihr nächstes Jahr wieder?"
„Hier ist es auch im Winter schön."
„Wenn ihr mal nach Bayern kommt…"

Es wurden diese und andere bei derartigen Anlässen übliche Floskeln ausgetauscht, bis der Abschied dann endlich vollzogen war.

Zurück in der Pension Flor begann für Resi und Maximilian Reischl der meist unangenehmere Teil eines Urlaubs: Kofferpacken für die Rückreise.

Der eigentliche Sinn ihres Aufenthalts war die ganze Zeit in den Hintergrund gerückt. Es war ja die Frage, ob die Nordseeluft denn nun wirklich die von der Medizin angekündigten positiven Auswirkungen auf Resis Schilddrüse haben würde. Aber das würde sich wohl erst in den nächsten Wochen zeigen. Zur Not könnte man den Urlaub ja noch einmal wiederholen, da waren sie sich nach diesem Amrum-Urlaub sehr schnell einig.

Zum Abschied von Amrum wollten Resi und Maximilian noch einmal im „Gasthaus zum Pharisäer" essen, weil es ihnen dort so gut gefallen hatte und sie dieses Gasthaus mit dem typischen Ambiente besonders beeindruckt hatte. Bei dem Versuch, telefonisch einen Tisch zu bestellen, hörten sie jedoch leider nur die Ansage:

„Das Restaurant bleibt bis auf weiteres geschlossen."

ENDE

Die Personen und die Handlung des Romans sind frei erfunden. Etwaige Ähnlichkeiten mit tatsächlichen Begebenheiten oder lebenden oder verstorbenen Personen wären rein zufällig.